LINGUA FRANCA

WILLIAM THACKER

LINGUA FRANCA

Traducción de Teresa Arijón
y Bárbara Belloc

Thacker, William
Lingua franca. - 1a ed. - Ciudad Autónoma de Buenos
Aires : Edhasa, 2018.
208 p. ; 22,5x14 cm.

Traducción de: Teresa Arijón; Bárbara Belloc.
ISBN 978-987-628-494-3

1. Novela. I. Arijón, Teresa, trad. II. Belloc, Bárbara, trad.
III. Título.
CDD 823

Título original: *Lingua franca*

Diseño de tapa: Eduardo Ruiz

Primera edición en Argentina: julio de 2018

© William Thacker, 2016
© Legend Press, 2016
© De la presente edición Edhasa, 2018

Avda. Diagonal, 519-521
08029 Barcelona
Tel. 93 494 97 20
España
E-mail: info@edhasa.es

Avda. Córdoba 744, 2° piso C
C1054AAT Capital Federal
Tel. (11) 5032 7069
Argentina
E-mail: info@edhasa.com.ar

ISBN 978-987-628-494-3

Quedan rigurosamente prohibidas, sin la autorización escrita de los titulares del
Copyright bajo las sanciones establecidas en las leyes, la reproducción parcial o total
de esta obra por cualquier medio o procedimiento, comprendidos la reprografía
y el tratamiento informático y la distribución de ejemplares de ella mediante
alquiler o préstamo público.

Impreso por Printing Books

Impreso en Argentina

1. Ideas innovadoras

En breve es una excelente expresión. Significa lo que uno quiere que signifique. *Un miembro de nuestro equipo se comunicará con ustedes en breve.* ¿Cuándo exactamente? En breve. *Inminente* es demasiado. Un anuncio inminente. Muerte inminente. Quizá si su muerte fuera a ocurrir *en breve*, a usted no le preocuparía tanto. Me gusta *en breve.* Hay tres palabras que no tendrían que formar parte de nuestra lengua. La primera es *húmedo.* Suena mal en cualquier contexto. La segunda es *flema.* Porque sí. Y la tercera, la peor de todas, es *fláccido. Fláccido* tendría que desaparecer. *Fláccido* tendría que borrarse.

—¿Alguien me escucha? ¿Hola?

Al mismo tiempo, algunas palabras deberían usarse más. Como *deberían. Despistar* está muy bien. *Barullo* es genial. *Refinado. Caléndula. Cascarrabias.* ¿*Abúlico*? Demasiado. *Embrollo* es una palabra rara. ¿Los metí en un embrollo? Creo que sí.

—¿Hola? ¡Soy Miles Platting! ¿Hay alguien ahí?

Todavía puedo recordar las cosas importantes. Sé que me esforcé por agitar los brazos —una señal de pedido de socorro— antes de recibir el golpe. Estaba parado ahí, un hombre solo en una isla, bajo un diluvio. Ocurrió sin que me diera cuenta; cuando abrí los ojos no sabía qué era agua y qué era sangre. Teníamos una fortaleza, una ciudad dentro de la ciudad, y entonces pasó lo que pasó. El mar nos castigó por haberla construido con madera barata. Todo alrededor de mí hay restos de la unidad de base: teteras rotas y patas de muebles, hierro corrugado y madera astillada. Estoy rodeado de objetos que no tienen lugar en el mundo subterráneo: un enano de jardín, conejos de porcelana. Hay una pava a la que le falta el pico. Parece una venta de garaje, pero de cosas inservibles. Las palabras me vienen a la cabeza sin motivo. Palabras como *embrollo*. La mayor parte del tiempo no pienso en nada. Pienso en Kendal, y después tengo que pensar en otra cosa. El plan de escape depende del clima. Si la lluvia afloja las rocas, me escaparé escalando. El rango de amplitud de mis movimientos se limita a mirar hacia la izquierda o hacia la derecha. Estoy en el intervalo de un programa de televisión en vivo. Para entretenerme me puse a contar ciempiés. Un ciempiés… Dos ciempiés… Tendría que pensar un nombre para la babosa que se arrastra cerca de mi hombro. Bertie, quizá. Bertie la babosa. *Babosa* no es un buen nombre para una criatura viviente. Tendría que ser algo más onomatopéyico: *babista*.

Tengo la sensación de que alguien anda arriba, buscando el camino entre las rocas. El único indicio que tengo de su presencia es la linterna, que ilumina lo mejor que puede latas y perchas. Ilumina todas las cosas excepto a mí. Puedo ver cómo se mueve sobre las rocas: entra y sale de cada grieta, salvo esta, que me tiene atrapado. Insulto al que tiene la linterna en la mano y quisiera que se la dé a otro.

—¡Estoy acá abajo! ¡Soy Miles Platting!

La luz deja de alumbrar. Lo único que me sale es un soplido malhumorado, la lenta presión de un acordeón que estira mis cuatro extremidades. Mi cuerpo cambió ligeramente de posición y ahora estoy de cara al moho resbaloso de una piedra, algo de lo que me llevaría horas escapar. Al nivel de la tierra se van a reagrupar en lo que haya quedado en pie de la unidad de base. Si Nigel anda por ahí, les reprochará que no tengan mejores protocolos de organización. Hablarán de las dificultades logísticas de remover los escombros. Analizarán casos históricos que sugieran que ya estoy muerto. Incluso podrían colocar una lápida sobre mi cuerpo. Deberían continuar buscando hasta que me quedara sin aire, o mi estómago terminara de autofagocitarse. Podría haberme convertido en primicia, en una noticia de esas que hacen que todo el mundo se pregunte adónde fui y dónde me van a encontrar. Seré un héroe por mi mera existencia. Quizás a nadie le importe. ¿Y si a nadie le importa? ¿Y si no hay cámaras? Sería una lástima que nadie organizara una vigilia nocturna o una campaña "Recemos por Miles". En caso de que muera, hay ciertos procedimientos a seguir. Hay un comunicado, ya redactado, que expresa conmoción ante lo repentino de mi muerte. A la vez insta a la cautela, dado que la policía necesita tiempo para llevar a cabo la correspondiente investigación. Habrá una estrategia mediática destinada a aprovechar al máximo la buena voluntad de la nación. Lingua Franca cerrará sus puertas al día siguiente. Se pedirá un minuto de silencio. El comunicado concluirá diciendo que el asesinato no tiene lugar en una sociedad moderna, que en realidad es una sociedad antigua. Nada impedirá que Lingua Franca cumpla sus deberes. Nuestra determinación de continuar es inamovible. A su debido tiempo se decidirá quién será el sucesor de Miles Platting.

Algo pesado cae: un rollo de soga. Después se oye el sonido de un taladro. Desde mi perspectiva, que se limita a una grieta en el techo, veo a un par de hombres con chalecos fluorescentes y linternas de cabeza.

—¡Hola! ¡Estoy acá abajo! ¡Soy Miles Platting!

Veo que uno se lleva un dedo a los labios, como si yo fuera a provocar una avalancha. El método de salvataje consiste en sacar una roca por vez. Uno de ellos corta el metal retorcido con un par de tenazas. El otro lleva puesto un arnés con cuerda elástica; desciende hasta que casi puedo tocarlo. Levanto los brazos como un bebé en su silla de comer, esperando que me libere.

—¡Gracias!

Me mira sin decir nada. ¡Qué profesional! Me aferro a él. Digo que fue una pesadilla, que estuve atrapado aquí Dios sabe cuánto tiempo, sin otra cosa que hacer que lamer el agua de lluvia y hablar con las babosas. Me hice un corte en la pierna y probablemente tenga sangre chorreando por la pantorrilla. Creo que no me rompí nada. Me caí de la proa del barco y seguramente aterricé antes de que todo se derrumbara encima de mí; me sentí sepultado en vida, casi. Aparte de eso, quisiera saber si se resolvió el conflicto entre Israel y Palestina, y quién gano la Copa Ryder. El rescatista sonríe al escuchar mis preguntas, pero no responde. Tira de la cuerda y ascendemos juntos. Estoy dejando atrás el mundo subterráneo. Hasta nunca, metal retorcido. *Arrivederci*, rocas filosas. Te voy a extrañar, Bertie. Más arriba veo cascos de rescatistas y nubes grises, densas. Después, de pronto, me asomo a la penumbra. Parpadeo y tartamudeo, como si alguien hubiera encendido la luz y me hubiera despertado. Entorno los ojos, que es lo mejor que se puede hacer en estos casos. Hay personal de ambulancia y un grupo de personas a las que jamás había visto antes: cuando ven que estoy parado derecho, aplauden. Me sacan el arnés y me dejan suelto. No tengo mucha fuerza en las piernas: el bebé está aprendiendo a caminar. Me guían por un camino de guijarros. Alguien pone una toalla sobre mis hombros. Alrededor de mí hay ropa y basura desparramadas por todas partes. Veo platos rotos que probablemente salieron de la pileta de nuestra cocina. Reconozco el inodoro portátil en su nuevo contexto: flota en el mar. Veo láminas de metal rojas y amarillas todo a lo largo de la costa: los restos de los contenedores. La mesa de ping-pong está rota. La mayoría de las literas, inutilizadas. Esto es un desastre.

—¿Dónde están todos? ¿Están bien?

Nadie parece saberlo. O nadie quiere decirme nada. Me llevan caminando por la playa, acompañan mi renguera. Reconozco los restos de nuestra cocina: la heladera y el anafe, uno encima del otro. El mar sigue calmo. No se hace responsable. Sobre el muelle de madera alguien colocó una hilera de zapatos.

Reconozco una zapatilla Adidas roja que era de Darren, y los Oxford de cuero de Nigel. No veo nada de Kendal. Supongo que es una buena señal.

Me miro en el espejo retrovisor de la puerta de la ambulancia. Mi pelo está más desordenado que cuando me levanto de la cama, lo digo sin ironía. Mi instinto normal sería taparme la cara ante la presencia de las cámaras. Se supone que nosotros somos indestructibles. Somos Lingua Franca. ¡Contempla tus obras, Todopoderoso, y desespera! Ya no estoy seguro de que eso tenga importancia. Ni siquiera estoy seguro de nuestra existencia.

—¿Alguien puede decirme dónde están todos?

Abren la puerta de la ambulancia y me ayudan a subir. Me acuestan en el colchón delgado y duro de la camilla, que me hace acordar a cuando presencié una clase de medicina. Me alegro cuando escucho que se enciende el motor.

★ ★ ★ ★ ★

Me llevan a algún lado, pero no estoy lo suficientemente consciente como para entender qué pasa. Me ponen en una camilla y de pronto nos movemos a toda velocidad. Me revisan en un pequeño consultorio, y me dan de comer y me visten con la clásica bata azul de los pacientes. Sus sonrisas dejan traslucir que soy bienvenido, pero nadie dice nada. Es como si yo fuera un asesino al que acaban de atrapar. Parece que tengo derecho a recibir asistencia médica gratuita, pero también a que no me dirijan la palabra.

La médica tiene cabello canoso largo hasta el hombro y me recuerda a una ardilla gris. Tiene un peinado batido, como una permanente, y por un momento me pregunto si el traumatismo cerebral no me habrá transportado a los años ochenta. Saca una hoja de papel de la repisa que está en la pared y la coloca sobre la mesa. Busca una lapicera y se concentra en su caligrafía, como si la buena caligrafía fuera la cosa más importante de este mundo. Levanta la hoja para que yo lea las palabras:

Miles, bienvenido al Furness General Hospital. Aquí lo ayudaremos a reponerse.

Dibuja un punto donde espera que yo anote una respuesta. Me indica con un gesto que escriba lo que estoy pensando. Hay suficiente espacio en blanco como para mantener un diálogo.

—¿Dónde está Kendal?

Me mira como si hubiera dicho algo ofensivo; entré en un espacio sagrado y dije lo peor que se me podía ocurrir (es decir, cualquier cosa). Se da vuelta y se pone a atender a otro paciente, que parece querer dormir pero no puede. Percibo que frunzo el ceño mientras escribo:

¿Dónde está Kendal?

La doctora sonríe exageradamente. Mi participación en el diálogo parece alegrarla. Recupera la hoja.

Podrá ver a Kendal cuando se encuentre mejor.

Me mira como esperando que escriba algo. Quiere que juegue el juego que me propone. Me inclino sobre la hoja todo lo que me lo permite el dolor. Dibujo algo.

>:-(

No suelto la lapicera. Escribo con letra grande:

¿Usted sabe dónde está?

La doctora habla con una enfermera; estudio el movimiento de sus manos. Es evidente que confían en los ademanes y el lenguaje corporal. La doctora parece deletrear algo con los dedos. La enfermera asiente.

Me incorporo en la cama.

—¿Hola?

Las dos me hacen el gesto de que me calle. Corren la cortina para que no me vean desde la guardia. Estoy encerrado. Atrapado nuevamente. Tengo ganas de levantarme y salir corriendo. Miro el monitor que indica que mi corazón está latiendo más rápido. La doctora se desliza entre las cortinas y me pone una mano en la frente. Destapa un frasco y deja caer algunas pastillas en un vaso de agua. Después escribe lo que pareciera ser una o dos oraciones largas.

Kendal está bien. Pero usted no puede recibir visitas hasta que no mejore.
Yo estoy bien.
Usted está enfermo, Miles.

Esta vez lo digo en voz alta.

—Estoy bien.

La doctora sacude la cabeza. Soy un mal paciente.

—¿Qué clase de lugar es este? ¿Dónde están todos?

La doctora vuelve a decirme —por escrito— que estoy enfermo. Me dice que mi memoria no funciona bien y que debo escribir todo lo que pueda recordar.

En cuanto mejore un poco, lo ayudaremos a encontrar a Kendal.

Me ofrece la lapicera. Me mira, como esperando algo. Tengo la lapicera y aparentemente es lo único que necesito. Podría empezar desde el comienzo.

2. Eso de tener gatos

Concebí Lingua Franca en una conferencia sobre poscolonialismo en Wonga, la capital del condado de Worcestershire. La oradora invitada, Kendal, dio una conferencia titulada "Cambios de denominación geográfica desde Abisinia hasta Zaire". Hizo una lista de ejemplos históricos de lugares que habían cambiado de nombre, ciudades desestalinizadas, y preguntó si San Petersburgo, con cualquier otro nombre, conservaría su dulce aroma. Stalingrado, Stalinabad, Stalinstadt, Stalinogorsk. Pekín, Constantinopla, Danzig. Escuché todo lo que decía Kendal, y decidí que la República Checa resultaría infinitamente más atractiva si todavía se llamara Bohemia. De esto surgió Lingua Franca.

—Buenas tardes, señor. Mi nombre es Eden y estoy llamando desde Lingua Franca. ¿Podría hablar con el responsable de la alcaldía? Oh, es acerca de los derechos de denominación de la ciudad. En Lingua Franca nos especializamos en aumentar los ingresos de una ciudad mediante… Está bien, no se preocupe, señor.

Presto atención para ver si algo se aparta del guion: somos Lingua Franca, especialistas en derechos de denominación, y queremos asociarnos con la ciudad para reducir la carga de la deuda pública. ¿Le parece que podría interesarle, señor? Los muchachos —y todos son muchachos— deben seguir el guion a rajatabla. Hasta cierto punto pueden desarrollar un estilo propio. Algunos usan auriculares, lo que les permite utilizar ambas manos en el teclado. A la mayoría de ellos les gusta estar de pie cuando hacen la llamada. Se dan cuenta cuándo los estoy escuchando; el tono de su voz se endurece. No van a decepcionarme.

La alarma de emergencia suena como un bip intermitente. Paraliza la actividad de la oficina: es imposible hacer un llamado de ventas con un sonido tan atronador de fondo. Cuando suena, la mayoría de los muchachos levanta la vista de sus pequeños escritorios atiborrados de notas, como diciendo *¿Y ahora qué hacemos? ¿Es una reprimenda? ¿Salimos a fumar y fingimos que hacemos cualquier otra cosa para ganarnos la vida?* Me miran, y miran a Nigel; después de todo, nosotros fundamos esta compañía, somos nosotros quienes les decimos qué hacer. Nigel aplaude y les dice que evacúen las instalaciones por la escalera.

Lo que me impresiona de Nigel es la tranquilidad con que cierra la habitación del pánico. A veces la compartimos con una financiera, pero sólo si llegan rápido. De lo contrario, cerramos la puerta. Nos gusta autosepultarnos. Hay una ventana pequeña que da una tenue impresión de libertad. El vidrio es lo suficientemente fuerte como para resistir un derrumbe. A decir verdad, sólo se puede romper si alguien está decidido a matarte. Tendrían que enviar un helicóptero a control remoto y disparar a mansalva desde el tren de aterrizaje.

Nigel habla con la gente de seguridad por teléfono; asiente, lo cual indica que efectivamente ocurre algo. Cuelga el auricular.

—Un tipo con un cuchillo.

La rutina es tan familiar que ya no me pone nervioso. Sobre todo, es aburrida. Los muchachos están parados en la playa de estacionamiento. Les gusta que suene la alarma porque les da oportunidad de fumar. No se dan cuenta de que los estoy vigilando: se empujan unos a otros y hacen como si pelearan. Me preocupa que respeten los límites cuando saben que los estoy observando y que se comporten como animales cuando piensan que no. Yo cumplo una función en sus vidas: autorizo el pago de sus sueldos, escribo sus referencias y manipulo su autoestima. Mi poder es condicional. Desde la ventana se ve cómo planificaron la parte moderna de Stella Artois. Las calles forman una grilla rectangular, un *waffle* belga en forma de ciudad. Tiene algo premeditado. En un sector hay una autopista elevada y un canal contaminado. Si algo atrae la mirada, es obviamente el centro de compras. Todos los caminos parecen converger en el centro de compras, transformándolo en una catedral. Pero la ciudad creció de una manera fea. En el horizonte hay un pequeño barrio llamado Stella Artois Old Town. Aquí el trazado de las calles es menos sensato. Tiene algo de Inglaterra de libro de cuentos: una iglesia, varios pubs de madera y una cancha de bowling. Los residentes tienen afición por los grupos conservacionistas, las lagunas de patos y las leyes contra la integración racial. No me gusta Stella Artois Old Town.

Todos comienzan a recuperarse, poco a poco regresan al mundo como las personas que eran. Sólo tengo que mirar a Nigel para que ocurra algo: él es mi yo-yo, y lo desenrollo cuando quiero. Él es el que aplaude. Él es el que grita: "Vengan acá, muchachos". Y todos los empleados se reúnen en círculo. Se inicia la *sesión de expresión*. Nigel señala a la gerenta de operaciones.

—¡Ey! ¿Cómo viene la semana?

Ella dice:

—Bien, gracias —sin humor ni sarcasmo implícito, sin el tácito reconocimiento de que en nuestro mundo ideal ninguno de nosotros estaría aquí parado hablando sobre los progresos diarios de una agencia de derechos de denominación—. Tuvimos un diálogo constructivo con Carlisle, que quiere redenominar uno de sus parques automotores. Tenemos un par de marcas de automóviles interesadas.

—Diles que nos comunicaremos con ellos *en breve*.

Todos asienten. Nadie quiere demostrar falta de interés.

—Nuestro destacado de la semana fue la salida del viernes por la noche, que fue superdivertida.

Nigel sonríe y le da las gracias a la gerenta de operaciones. Después se dirige al jefe de ventas.

—Ventas, ¿cuál es nuestro pronóstico para noviembre?

Nigel destapa la lapicera, listo para tomar nota.

—Calculamos que trece.

—¿Incluyendo Stevenage?

—Incluyendo Stevenage.

—¿Qué pasó con Motherwell?

—Motherwell se cayó.

—Es una lástima, porque Mothercare hubiera sido una buena opción.

—Habría sido perfecto.

—Gracias, ventas. ¿Quién me falta? Localización.

El gerente de localización se refiere al nuevo nombre de Skegness, que cambió hace seis meses. Ahora se llama Vue, por la productora de cine.

—Estamos en proceso de redenominar Skegness Pier, que se va a llamar Vue Pier, pero posiblemente, en vez de Vue, vamos a usar *view*, según lo que vote el grupo.

Hay un murmullo positivo entre la concurrencia.

—Creo que tiene clase —dice alguien.

—Gracias, localización.

Nigel señala al equipo de tecnología informática, y todos escuchamos algo que nadie entiende. Seguimos la rueda, que incluye el departamento de contabilidad, el sector de publicidad y la administración general. Cuando me llega el turno, mi único aporte es recordarles a todos que vacíen la heladera para que no dé mal olor. A todos les parece divertido. Soy el segmento humorístico del noticiero de las seis de la tarde.

—Gracias, Miles. ¡Con esto cerramos, amigos!

Vuelve a empezar el ruido: el sonido de los telemarketers que se impacientan, la fotocopiadora escaneando, el empleado de mantenimiento que trata de silenciar el acondicionador de aire, la ausencia de música, el tono medido de las voces. Los muchachos vuelven a la carga, reconfiguran su cara de trabajo y levantan el auricular. Todos conocen las reglas: son vendedores hambrientos y necesitan comer. A menudo olvido sus nombres.

★ ★ ★ ★ ★

—No te odio, Miles. Sólo estás a cargo del fenómeno cultural más asombroso de las últimas décadas. Has tomado como un deber personal matar la lengua inglesa y reemplazarla por una jerga corporativa totalmente hueca. Has tomado algo hermoso y lo has convertido en algo feo.

—¿Todavía quieres almorzar?

—Sólo si estás dispuesto a disculparte.

—¿Por qué?

—Por arruinar el mundo.

Kendal sostiene una lapicera entre los dedos para poner mayor énfasis en sus palabras. Pensé que la lapicera iba a partirse en dos. Kendal no entiende lo difícil que es mantener la competitividad de un negocio multimillonario. No le importan esas cosas, y no le importarían aunque le diera una conferencia de diez horas acerca de su relevancia. Nos gusta discutir sobre la necesidad de nuestra existencia y al mismo tiempo nos envidiamos en secreto.

—Congoja, destrucción, ruina y decadencia —dice ella—. Lo peor de todo es la muerte, y algún día nos va a tocar.

—No te quiero escuchar.

—¿Estás preparado para morir? —dice Kendal, pero no como lo diría un asesino. Entra en la cocina y enciende un cigarrillo en la hornalla. Mira por la ventana a prueba de balas de la cocina y dice—: No quiero que te maten. Aunque nos hayas arruinado la vida, me importas… un poco.

—No me va a pasar nada.

—Dios mío, ni siquiera puedes abrir una maldita ventana en este lugar.

—Tira hacia adentro.

Kendal abre la ventana, asoma la cabeza y sopla el humo. Mira el patio, y sin duda pondera su odio hacia el lugar. Es el desarrollo inmobiliario más caro en Stella Artois, y el que más énfasis ha puesto en la seguridad. Los departamentos tienen alambrados de púa en todas las paredes perimetrales. La grava del patio amplifica el sonido de los pasos. Hay cámaras de vigilancia ocultas en los faroles. Un portero de noche mira por televisión torneos de pool en una garita. Las concesiones a la belleza tienen forma de pastiche: hiedras en las paredes, inscripciones espurias en latín. El complejo anhela pertenecer a todos los períodos de la historia, excepto a este.

—Porque en ese sueño de muerte vendrán los sueños —dice Kendal.

Ptolomea me sigue a la cocina. Ptolomea tiene pelo grueso y gris. Uno puede deslizar los dedos entre su pelaje. No me gustaría tener un gato de pelo corto. No me gustaría sentirle la columna vertebral. Ptolomea me mira y percibo lo que está pensando. Maldito. No comió en todo el día.

—No te dieron de comer, ¿no? —me sorprendo preguntando. Pongo un poco de carne gelatinosa en el plato. Ptolomea olfatea la comida. Si fuera humana sería una niña demandante, sin conciencia de sus privilegios, suspicaz y para nada dispuesta a probar cosas—. Vamos, nena. —Empieza a lamer la carne y todo queda perdonado—. Buena chica.

Kendal aplasta el cigarrillo en el alféizar de la ventana.

—¿Es parte de tu decadencia? Eso de tener gatos.

—Hace años que tengo gatos. Sólo que nunca prestaste atención.

—Es parte de tu decadencia.

El ruido de la pava hirviendo asusta a Ptolomea, que sale disparada al living. Kendal empieza a quejarse de la enseñanza y los estándares educativos en Stella Artois. Está cansada de explicar la diferencia entre *tú* y *tu*. Con el correr de los años, Kendal ha vivido varias encarnaciones: la estudiante idealista, la casi mamá de nuestros casi hijos, y por último la desmoralizada Kendal de mediana edad... la que enseña Lengua. Solíamos bromear diciendo que Kendal era la que cumplía nuestra cuota de estricta moral, lo cual me daba permiso para hacer el mal. Pero se retiró del equipo. Ya no tengo ningún respaldo. Nadie hace el bien en mi nombre. Soy malo por dos.

—¿Te parece que tendríamos que vivir juntos? —dice.

—No.

—Podría no implicar ninguna clase de sentimientos, Miles. Puedo vivir de tu dinero y podemos tener sexo con quien queramos.

—Creo que así fue la primera vez.

Terminó como terminan la mayoría de estas cosas. Llegamos al punto en que ninguno de los dos quería lo mismo que el otro. Yo no quería tener hijos; Kendal no quería apoyar a un consultor de derechos de denominación responsable de la muerte de la lengua inglesa. En el fondo de su corazón, Kendal no quería volver a casa. La mente pragmática, que sopesa la importancia del pago de la hipoteca, podía pensar que yo merecía una segunda oportunidad. El corazón dice que no.

Sobre la mesa está el catálogo de marcas de Lingua Franca, un cuadernillo de cuarenta y ocho páginas que explica al detalle nuestra visión creativa. La primera página dice: *En el comienzo era el Verbo*. Kendal sonríe mientras pasa las páginas. Niega sacudiendo la cabeza al ver la imagen de una cascada yuxtapuesta con la palabra DineroSuperMercado.

—Miles, Miles, Miles. Alguna vez fuiste hermoso. —Acaricia mi viejo saco de *tweed*, que cuelga del respaldo de la silla. Mira la biblioteca en busca de pruebas de mi decadencia—. Oh, no. —Saca un ejemplar de *El almuerzo desnudo* y vuelve a negar con la cabeza—. Esto no es lo tuyo. Tú no eres fan de Burroughs.

—Tú no sabes qué leo.

—Eres un lector lento, eso es lo que eres. ¿Dónde están todos esos libros de marketing que enseñan a desplumar a la gente?

—Junto a los libros sobre exesposas amargadas.

—*Actuales* esposas. —Acaricia la llave del cajón del escritorio—. Salvo que tengas los papeles del divorcio escondidos aquí.

—Detecta otra cosa—. ¿Qué es esto?

—¡Basta de mirar mis libros!

—¿Desde cuándo lees a Audre Lorde?

—Desde siempre.

—Te conozco, Miles Platting. No eres feminista. ¿Estás tratando de impresionar a una chica? —Me siento desnudo—. No debería estar permitido que tengas ese libro. No puedes hacer toda esa mierda que haces, y encima darte el lujo de *tener* un Audre Lorde. Por supuesto que puedes poner a Lorde en tu biblioteca, pero eso no significa que ese libro sea tuyo. Miles Platting, destructor de mundos. Ahora dice que le gusta Audre Lorde.

—¿Por qué no te llevas algunos libros a tu casa? Sé que andas corta de fondos. Puedes llevártelos en una bolsa de plástico.

Kendal levanta el dedo medio. En estos encuentros nos gusta apostar fuerte. A ella no le importa hablar de su pobreza, pero no le gusta que se la recuerden. Vuelve a poner el libro de Audre Lorde en la biblioteca, en un lugar diferente de donde estaba. Sabe que me arruinó el orden alfabético.

—Ay, Miles, Miles, Miles.

—Kendal, Kendal.

—Mejor me voy.

Se mira en el espejo y finge no tener interés en su reflejo. Antes tenía el pelo largo, pero ahora tiene un corte taza que requiere un gran cuidado del flequillo. Es un corte de cabello que dice *vete al diablo, Miles*. El acto de partir requiere mi colaboración. El código de acceso es 1985. Originalmente era 1984, pero Kendal dijo que 1984 es el primer código que prueban los ladrones, siempre y cuando sean letrados. Me mira. La única palabra que se me ocurre es pena.

—No te hagas matar.

—No lo haré.

Ptolomea observa todo desde el piano. Le gusta mirar a la gente desde grandes alturas.

—Mañana tengo que tomar examen a mis alumnos. Creo que son capaces de reprobar a propósito.

—Todo saldrá bien.

—Deséame suerte.

—Deséame suerte a mí también.

—¿Para qué?

—Para seguir vivo.

—No es un concurso.

La conversación sigue así, y lo cierto es que ninguno de los dos le desea suerte al otro.

—No quiero que nos despidamos de esta manera.

—¿Cómo tendríamos que despedirnos?

—Diciendo algo lindo.

Le digo que, si pudiera, compraría París y la redenominaría Kendal. Ella se da permiso para ruborizarse.

3. La Chicago inglesa

Comienza con una panorámica del océano. En el horizonte se ven las grúas herrumbradas de Barrow-in-Furness. Todo da sensación de frío. Es difícil decidir si el color del mar es verde o gris. Las nubes no tienen problema en llover sobre la ciudad. No pasa gran cosa, más allá de un barco que entra a la dársena en cámara lenta. Lo próximo que se ve es un pesquero, desde el que se puede divisar la silueta de la ciudad. Lo único que deben saber es que Barrow es un lugar, y que está lejos... desligado. Ninguno de nosotros tiene por qué preocuparse. Esto es lo más cerca que podemos llegar.

—Esto es Barrow —dice el narrador—. Solía ser una de las ciudades más orgullosas de Gran Bretaña.

Aceleramos hacia la ciudad. Llegamos a tierra, y las hileras de casas se vuelven densas y repetitivas. Vemos el pueblo tal como es: una grilla de casas alineadas con una iglesia en el medio.

—La vida en Barrow ya no es lo que era —dice el narrador.

Vemos a una repositora en un supermercado; escanea ítems y sacude la cabeza. No es la Barrow que ella conocía. Un anciano espera para cruzar la calle, pero ningún vehículo parece dispuesto a detenerse. ¿Qué podría devolverle la vida a Barrow? Si el video es fiel, lo que le falta es magia. No dinero, por supuesto. Lo que le falta es magia. Las imágenes se aceleran. Un contenedor de reciclado está repleto de cartones húmedos. La plaza está vacía: una hamaca se mueve sola. Al lado hay un niño. Hace rebotar una pelota naranja brillante en cámara lenta. Esta es la única manera en que podremos tener la experiencia de Barrow. Miramos desde lejos. Podremos visitarla cuando recupere la magia y la gente empiece a sonreír, pero no antes.

—Barrow merece algo mejor —dice el narrador—. Barrow merece Birdseye.

De pronto, todo se tiñe de color. Las gaviotas vuelven veloces a casa. Un niño pequeño camina de la mano de su hermana. Es un montaje de imágenes donde las mujeres ríen, los niños corren por todas partes y parece que nunca hubiera ocurrido nada malo. Las paredes descascaradas de una escuela se pintan de blanco. La repositora del supermercado sonríe. La ciudad parece satisfecha consigo misma. Lo que era feo se vuelve hermoso en un instante. Estamos rodeados de paz. El eslogan dice:

Birdseye-in-Furness: la Promesa de una Barrow más Colorida.

Barrow tiene un problema, pero puede corregirse. Lo único que hay que hacer es cambiarle el nombre por Birdseye. Todos aplauden cuando pasan los créditos. La reacción es la misma de siempre: la misma de Skegness, Skelmersdale y todas las que vinieron antes. Como Runcorn y como Redcar: todos aplaudimos, como si el video pudiera oírnos. Hago contacto visual con la primera fila: los representantes de la alcaldía de Barrow-in-Furness. Su instinto básico les impide sonreír: ese instinto les dice que Barrow-in-Furness debería llamarse siempre Barrow-in-Furness. No debería tener ningún otro nombre.

—Como pueden ver, relacionamos a Barrow con una marca que reconoce su historia marítima. Los derechos de denominación abarcarán todos los mapas, señales camineras, horarios de transportes, edificios públicos, medios digitales y otros. Los periodistas tendrán la obligación de sustituir el nombre Barrow-in-Furness por su reemplazante: Birdseye-in-Furness. Claro que habrá una cierta cantidad de enojo residual. El período típico de enfriamiento del público dura de seis a ocho semanas. Una masa crítica tendría que comenzar a referirse a la nueva ciudad por su nueva marca después de unos tres años. La transferencia unánime de la lealtad de una denominación a otra puede demorar generaciones. Pero, si se elige la marca correcta, esto puede ocurrir un poco más rápido. Y creemos haber seleccionado la marca correcta en el momento correcto.

En este intento de describir lo que acabamos de ver parezco casi profesional: un erudito. Ellos deben de imaginar que estoy calificado para otras cosas aparte de tener buena conversación o vender nombres de ciudades por una tasa competitiva. Lamentablemente no soy profesor de lingüística. No tengo más conocimiento en el campo del lenguaje que mi habilidad para venderlo. No soy profesor de nada. Soy un hombre que tiene una idea. Conseguí algún dinero de un socio capitalista. A Nigel le gustó el concepto y estableció un salario nominal. Tenemos un equipo de ventas de desertores de la universidad de muy bajo costo y tercerizamos el trabajo tecnológico a una compañía en Bangalore. Nuestros primeros clientes fueron alcaldías en bancarrota como Congleton y Kettering. Después vinieron Didcot y Dudley, Barnstable y Penrith. Todos querían dejar en claro que venía el cambio y la renovación estaba en marcha. Lo único que se necesita es cambiar el nombre por Birdseye.

—El nombre de la ciudad no es lo único que puede venderse. Ofrecemos un paquete prémium por el derecho a esponsorear nombres de calles, plazas públicas y barrios. Aquí en Lingua Franca nuestro servicio se confecciona a medida, de manera de satisfacer las necesidades de cada cliente.

Hace meses que vengo practicando esto. A veces paso veinte minutos delante del espejo hablando en voz alta sobre los beneficios de los derechos de denominación. Este concepto es fácil de defender; los funcionarios públicos empiezan a pensar en el valor de sus propiedades y en que podrían jubilarse en paz y con todas las comodidades. Lingua Franca volverá rica a tu ciudad. Los empresarios invertirán, los salarios aumentarán. La ciudad crecerá y será próspera. Nadie podría llegar a la conclusión de que la venta de los derechos de denominación de Barrow no traerá bienestar para todos. Ahora empiezan a entender. Empiezan a darse cuenta de lo que puede hacer Lingua Franca. Al principio no compraban el concepto —estaban con un pie adentro y el otro afuera—, pero ahora lo están entendiendo. Podemos hacer que todos ganen. Podemos cambiar los hábitos de toda una vida por algo más tangible: dinero. Las autoridades de Barrow-in-Furness murmuran entre ellas, discuten como concursantes de un programa de preguntas y respuestas. Si no existiera Lingua Franca no sabrían cómo promover Barrow, ni cómo posicionarse en el mundo del marketing. Es probable que no entiendan lo que está pasando.

—Muchísimas gracias —dice el concejal—. Creo que estamos listos para proceder.

Se viene el cambio. Mañana por la mañana tendremos otra chinche roja clavada en nuestro mapa de las islas británicas.

El paso siguiente es llevarlos a la oficina e iniciar el proceso destinado a convencerlos de que sabemos lo que estamos haciendo… cosa que, para ser justos, es verdad. Les damos la bienvenida en la oficina y los invitamos a revisar el procedimiento mediante el cual su ciudad cambiará de nombre y será vendida al mundo bajo una nueva marca. La oficina fue diseñada con la expresa intención de que todos se sientan relajados. Hay una gigantografía que va del piso al techo de un sendero en un bosque. Da la impresión —completamente contraria a nuestras actividades comerciales— de que tenemos algún interés en el planeta Tierra. El silencio es tan grande que se oye cómo todos tipean en las computadoras. Normalmente, el ritmo natural de la oficina no admite el silencio. Hay un reloj enorme en la pared cuya presencia todos fingen no advertir. Permito que los funcionarios de la ciudad recorran la oficina, que hagan lo que quieran, lo cual incluye observar al equipo de ventas y tal vez encontrar alguna pista, algo que los inculpe. Los clientes no pagan por este servicio —he verificado los términos de uso—, pero no está de más darles la ilusión.

—Barrow estará a la vanguardia de las marcas de las ciudades modernas —digo en voz alta—. Miren lo que hicimos con Watford.

Sólo cuando levanto la voz y reafirmo la premisa de Lingua Franca nuestros amigos de Barrow comienzan a animarse.

—¿Hay riesgos para la seguridad?

—En lo más mínimo.

El concejal realmente no sabe qué es lo que está buscando. Camina de un lado a otro, espía bajo los escritorios. Probablemente piensa que encontrará algo sospechoso. El rasgo más distintivo del concejal es su frente arrugada, que rebasa —*sobresale* suena mejor— de tal modo que la nariz y los labios parecen aplastados. Da la sensación de que podría toparte con la frente antes de estrecharte la mano.

—Eso se ve bien —dice el concejal, señalando la pantalla. Por el acento se nota que es del norte. De algún lugar rico. El norte incongruente. Nos paramos alrededor de una computadora y miramos una imagen de Barrow-in-Furness. El diseñador hizo un trabajo excelente. No se parece para nada a Barrow-in-Furness.

Nigel asoma la cabeza y dice:

—Tiene algo alpino; una especie de Sydney Harbour, pero con un toque alpino.

Nigel explica la siguiente etapa del proceso, que es el lanzamiento. Llegaremos a Barrow, la redenominaremos Birdseye, y mantendremos una saludable distancia de la ciudad. Habrá una ceremonia de bautismo a la que asistirán distintos dignatarios. Es un circo, sí, pero muy rentable. El circo necesita un maestro de ceremonias, y nuestro deber será pararnos frente a una multitud y anunciar que la revolución Birdseye es lo mejor que le ha pasado a Barrow.

Les presento a los funcionarios el equipo de producción, cuyas áreas son el diseño, los contenidos y las relaciones públicas. Son graduados desesperados por trabajar y siempre están ansiosos por mostrarme lo bien que hacen las cosas. Hay una meritoria que no pierde oportunidad de sonreír. No es que sea amistosa, sólo sabe quién soy. Es desconcertante. Me hace pensar que ella haría cualquier cosa por dinero. Los *geeks* y los creativos trabajan en tándem para crear eslóganes e imágenes. El objetivo de su trabajo es convencer al mundo de que vale la pena visitar Birdseye, un lugar que merece toda nuestra atención. Para empezar, no es Barrow. Todos sintonizan con nuestra actitud: que el esponsoreo de una ciudad es sinónimo de dinero, y que el dinero es sinónimo de felicidad.

El concejal no para de revolear el llavero. Del llavero cuelga una tarjeta magnética de visitante. Y no tendría que sacudirla. Mira al personal del área de televentas como si estuviera viendo algo que jamás vio antes.

—Ah, la sala de máquinas —dice. El equipo de ventas quiere que los dejemos en paz. Nadie tiene ganas de hablar tonterías cuando hay llamados que hacer. Ellos se degradan por dinero. Merecen que uno tenga la decencia de dejarlos tranquilos. De pronto todos empiezan a vender al mismo tiempo. Es difícil descifrar las palabras. Se parecen a los comentaristas que se exaltan cuando los caballos llegan a la recta final.

—Buenas tardes, mi nombre es Eden, de Lingua Franca. Somos la agencia de derechos de denominación número uno del Reino Unido. ¿Con quién tengo que hablar sobre los derechos de denominación de la ciudad? —Eden tiene la capacidad de mentir por encargo. Es un actor experimentado cuando se trata de mentir. Su tono es cortante... suena como alguien que pasó años perfeccionando su voz. Es un tipo de registro profesional que no existe en la vida normal: nadie hablaría de ese modo, salvo que le ordenaran hacerlo—. En Lingua Franca proveemos soluciones inmediatas para la adquisición de derechos de denominación. Lo que ofrecemos es una solución global: nos asociaremos a su ciudad para darle el grado de exposición que merece. —Asiento sin darme cuenta, hasta que percibo que Nigel me está mirando fijo—. ¿Le parece buena idea que le envíe algunos detalles por correo electrónico, señor? Se lo aseguro; nuestra propuesta es un auténtico *thriller.*

Eden sabe cómo parecer entusiasta. Lo que pasa con Eden es que uno nunca sabe si le va a dar un ataque de nervios o no. No vive por el simple placer de recibir un adelanto, que le garantiza dinero para beber. Quiere existir y realizarse fuera de estas paredes. Se puede reconocer a su favor que nunca se altera. Pero, mirándolo de cerca, se ve que su ojo izquierdo empieza a latir. No parece haber dormido mucho últimamente. Eden ha soportado lo peor de la experiencia Lingua Franca. Su relación con la civilización consiste en tolerar cosas que le hacen daño. Sólo se rendirá cuando ya no pueda ponerse de pie. Por ahora, continúa firme.

—Es una máquina bien aceitada —dice el concejal, que hace lo imposible por llamar la atención de Eden, lo cual debe de ser irritante para él. Ya le resulta bastante difícil concentrarse en sus líneas sin tener a un estúpido ignorante asomado sobre su hombro. Eden es capaz de levantar la vista y esbozar una semisonrisa mientras continúa concentrado en la llamada. Es toda una hazaña poder hacer las dos cosas a la vez. Se las ingenia para poner en las cortesías el mismo esfuerzo que en los llamados telefónicos. Una vez me dijo que es un alivio venir aquí. En su casa, lo único que hace es discutir.

—Es bueno —dice el concejal, y Eden debe de haberlo escuchado. Cuando Eden da por terminada la conversación y se levanta de su silla da la impresión de que la mitad de la sala lo está observando.

—¿Quién era, Eden?

—Basingstoke.

—¿Y qué dicen?

—Quieren cambiar su nombre por algo vibrante. Una bebida energizante, o algo así.

La pizarra de ventas exhibe una grilla de nombres y números romanos. Eden borra la tinta con una esponja. Escribe otro dígito en su columna, otra suspensión en la ejecución de la sentencia judicial.

—¿Hiciste el débito directo?

—Está hecho.

Se arma un griterío. Algunos de sus compañeros felicitan a Eden; otros lo ignoran por completo. Nigel extiende la mano. Todos la estrechan por turno. Aquí estamos: un negocio en funcionamiento. El concejal no extiende la mano pero sonríe desde lejos. El concejal se sentiría menos vulnerable si supiera que alguna otra ciudad decidió unirse a la fiesta. Pero no. Eden permanece impasible. Es reticente a aceptar los apretones de mano. Parece que no le importa nada, aparte del simple placer embotador de hacer una venta. Es un bálsamo. Tiene la destreza suficiente como para vivir un mes más. Eden levanta el teléfono y marca otro número. Se le pide al equipo de ventas que permanezca en planta hasta las seis en punto, más tarde que todos los demás, excepto el personal de limpieza, que está por iniciar su jornada. Entonces el entusiasmo se apaga y todos regresan a sus escritorios y vuelven a poner cara de empleados.

Alguien llama a Grimsby para averiguar si quiere cambiar su nombre a Qatar Airways.

Después del horario laboral se dedican a planear estrategias, lo que esencialmente significa escuchar decir a Nigel que las cosas tendrían que ser diferentes. Esta es la hora del día en que surgen las ideas. Es el momento de aclarar los asuntos, cuando los éxitos y los fracasos de la jornada se ven tal como son. También es el momento en que intercambiamos chismes de la única manera que cierta clase de hombres puede hacerlo: discutimos sobre quién está gordo y quién tendría que lanzarse al vacío desde el techo. A través del vidrio vemos a Eden sentado frente a su escritorio, una estatua de Gormley. Le gusta quedarse hasta tarde. Es el único momento del día en que puede chequear sus correos electrónicos. La inteligencia de Eden incita a la sospecha. Algo debe de haber salido mal.

—Creo que ha estabo bebiendo —dice Nigel.

—¿Cómo lo sabes?

—Se le huele en el aliento. Probablemente está borracho ahora.

Nadie puede oírnos dentro de estas paredes. Lo he comprobado desde el lado de afuera. Esta es nuestra incubadora de vidrio. Eden nos mira y alza la mano para despedirse. Hace todo de manera rápida y sin complicaciones. Su modo de descolgar la chaqueta del perchero responde al propósito de irse rápido. Le digo a Nigel que salgo a caminar. Es una satisfacción entrar en la oficina y encontrar el lugar sosegado, sin parloteos telefónicos. A esta hora de la tarde todo el piso está en silencio. La mayoría de los gerentes de las otras empresas ya se han ido a sus casas. Eden se dirige al ascensor secreto, que está reservado para los paquetes y las encomiendas. Es el único momento del día en que Eden no se preocupa por hacer lo correcto. Espero hasta que suena el bip del ascensor. Tomo el ascensor hasta la planta baja y salgo por la puerta principal, asegurándome de agitar mi pase de seguridad frente al guardia, que pide verlo todos los días. La ruta a la estación hace una curva, desde la que es posible ver a Eden más adelante, caminando y hablando por teléfono. Probablemente le está diciendo a su pareja cuánto odia el trabajo y cómo mejorarán las cosas cuando consiga uno mejor. Eden camina tan rápido que habría que correr para poder alcanzarlo. Cruza la calle sin prestar demasiada atención a los autos que se le vienen encima, lo cual significa que me saca una gran ventaja. Quiere llegar a casa lo antes posible. No quiere distraerse ni mirar el paisaje, que consiste en una autopista bajo nivel y setos rodeados de colillas de cigarrillos. Hay un edificio de departamentos color gris que es considerado *retro* y *cool* a los ojos de quienes no tienen que vivir allí. Stella Artois, alguna vez llamada Milton Keynes, no tiene un centro. Hay un barrio comercial central, pero parece más la manzana central de un ejido que el pináculo de algo. Es exactamente igual a todas las demás manzanas, excepto por la estación de trenes aplanada y el enorme Bingo Mecca. Su fealdad tiene una propia y obstinada belleza. No le hace concesiones a nadie. El objetivo de este ejercicio es observar a Eden desde lejos y ver cuánto me puedo acercar. Tiene suerte de que yo no esté para nada en forma. De ser posible, lo seguiría todo el camino hasta su casa y lo espiaría por la ventana que da al jardín. Lo observaría sentado a la mesa de la cocina mientras su pareja —una enfermera especializada en salud sexual y reproductiva— inicia una discusión sobre el dinero. La falta de dinero no es nada comparada con la falta de objetivos de Eden. Doblo la esquina y veo emerger de la estación una horda de oficinistas. Cientos de personas se cruzan en todas direcciones y se las ingenian para evitar todo contacto, como átomos que se comportan bien. Eden no quiere empujar a nadie, pero se ve obligado a hacerlo. Es la única manera de adelantarse. Con cierta persistencia, es posible abrirse paso. Existen suficientes personas amables como para hacerlo posible. La cola da la impresión de que hubiera algo excitante que esperar, pero es sólo el molinete de ingreso al andén. Lucho para abrirme camino entre la multitud. En medio de todo esto es posible ver a Eden, que desliza su pase mensual sobre el escáner, cruza el molinete y consulta su teléfono, sin duda buscando avisos de empleo o mensajes de texto furiosos. La velocidad a la que camina casi sugiere que sabe que lo estoy siguiendo. En este punto nos perdemos y ya no puedo ver lo que quiero ver. Es el fin. No podré alcanzarlo. Saldrá corriendo para tomar el de las 18.56 a Vodafone.

4. Marco conductual

Lo llamamos *el soborno*. El típico pulgar hacia arriba que les mostramos cuando queremos que se sientan valorados, siempre y cuando no pidan mejores condiciones de trabajo. Y siempre y cuando suban fotos en las redes sociales para que todos piensen que somos una empresa divertida. Es parte integral de nuestra estrategia de construcción de la marca. Después de todo, uno no comparte una imagen de un empleo inseguro, pero puede mostrarle al mundo que trabaja para Lingua Franca, que te garantiza una buena suma de dinero y todas las recompensas que se te ocurran. En Halloween les damos manzanas para mordisquear. El día de San Valentín les damos tijeras y goma de pegar para que hagan tarjetas en forma de corazón. En Navidad los llevamos a comer y la asistencia es obligatoria. Hacemos que parezca un premio, lo cual no es del todo inexacto. A ellos les gusta emborracharse.

El pub está en la planta baja de nuestro edificio. Sus clientes incluyen a oficinistas y borrachos cansados que se pasan el día entero sentados frente a la barra. La iluminación es mala, y no por ser tenue y con velas. Nadie ha tomado la iniciativa de abrir las cortinas. Yo no tengo nada que ver con pedir tragos; esa tarea corre por cuenta de Nigel. Me inclino sobre su hombro y susurro el número de pin: 1985. Mi participación se limita a comprar bebidas para todos. Eso significa que puedo abstenerme en lo que atañe a la interacción social. Mi estrategia consiste en merodear, lo cual me da la opción de escapar, si quiero. Hay un sector en un rincón que Nigel reserva cada vez que vamos. Hay gente que trata de atraer mi atención desde todas las direcciones.

Algunos me tiran de la manga y otros me palmean el hombro. Todos dicen cosas como "¡Siéntate con nosotros, Miles!". Dos o tres se amontonan para hacerme lugar en la mesa. Me siento al lado de Eden.

Es Eden el que inicia la conversación.

—¿Todo bien, compañero? —Le digo que está todo bien—. Fue una buena semana de ventas —dice. Menciona el problema de actualizar el informe de ventas, que se cerró para editarlo. Me pregunto si Eden realmente quiere hablar de esto. Tiene veintitantos años, pero parece mucho más viejo. Tiene el cabello cortado al ras y bolsas azules debajo de los ojos. Parece necesitar una sesión de *detox* en un spa. Alguien tendría que enderezarle la espalda y destaparle los poros. La mayor parte de lo que dice se relaciona con el trabajo y con que tendríamos que haber cerrado un trato con Wigan o Scunthorpe.

Yo le digo:

—Todo bien, compañero. Has trabajado mucho. Eres una persona de alta calidad. Y eso es lo que necesitamos en Lingua Franca.

Eden asiente con gesto solemne.

—En lo que te concierne, el cielo es el límite. Gerente comercial… jefe de ventas… —Eden parece perder la concentración. Es como si yo hubiera bajado un interruptor y lo hubiera apagado.

—Perdón —dice. Se levanta y sale por la puerta vaivén.

El resto del grupo festeja cuando Nigel deposita una bandeja llena de vasos de una pinta sobre la mesa. Se alegran al recibir la bebida; son exploradores perdidos en el desierto a los que les obsequian agua. Hay dos tribus distintas y definidas: los graduados y el equipo de ventas. Los primeros viven en un permanente estado de desilusión. Sus personalidades académicas habían imaginado un futuro distinto, un mundo donde las ideas eran importantes y los jóvenes podían hacer la diferencia. Daban por sentado que vivirían como los personajes de sus libros y películas favoritos.

Después cayeron en un trabajo de oficina y se preguntaron qué había ocurrido. El equipo de ventas tiene otras expectativas. Beben cerveza en vez de vino y prefieren visitar Benidorm antes que dar un paseo por Brixton. Ya han conocido un mundo alternativo. Han trabajado en tiendas, gimnasios, supermercados, pubs, empresas de *catering*, cocinas y *call centers*. A la luz de esto, les encanta trabajar para Lingua Franca. Les fascina poder usar un traje o leer su nombre en un pase de seguridad. A diferencia de los graduados, los del equipo de ventas nunca tuvieron un sueldo. Lo que une a las dos tribus es que les gusta emborracharse. Les gusta emborracharse más que beber. Casi toda la charla del grupo versa sobre el trabajo. Hablan de cómo harían las cosas de otra manera si estuvieran al mando. De allí pasan a discutir quién debería salir con quién, y quiénes formarían la pareja más linda. Aunque algunos se ríen, en secreto están ansiosos por escuchar el veredicto. Después la charla decae en una seguidilla de chistes internos, una competencia para ver quién puede contar las mejores historias. A nadie le gusta escuchar. En este contexto la única función de Nigel es poner coto al caos. Permitirá que el grupo se extralimite, siempre y cuando se establezcan términos predefinidos que estipulen qué significa exactamente extralimitarse. Bueno, diversión inocua y esas cosas. Mi plan —disolverme en el silencio— funciona a la perfección. La única amenaza proviene de los borrachos sentados a la barra que intentan entablar conversación con las mujeres de nuestro grupo. Como ellas no responden, los hombres empiezan a insultar sin motivo evidente. Uno de ellos hace un gesto obsceno. Nigel observa sin decir nada. En cualquier caso, sería el más ineficaz de los guardias de seguridad. Mira en mi dirección para ver si estoy a salvo. Uno de los pretenciosos graduados intenta discutir con los borrachos; se enfrentan por un momento y llegan a la conclusión de que el pretencioso debería aceptar el abuso. Finalmente, los borrachos encuentran otras mujeres que acosar.

Le digo a Nigel que me voy. No le gusta que me vaya solo, pero no tiene autoridad para decirme qué hacer. Nigel golpea una copa con una cuchara y el resto del grupo hace silencio.

—¿Puedo robarles un momento de su atención, damas y caballeros? —Nigel piensa que debe hablar así porque es el segundo al mando, y el segundo al mando está por encima de todo el resto—. Quiero que escuchen a Miles, que desea decir unas pocas palabras. Vamos, Miles, danos un discurso.

Todos golpean las mesas y canturrean "¡Discurso, discurso, discurso!". La vibra es amistosa antes que un deseo de verme fracasar.

—Ejem… gracias a todos. —Mi trabajo es enfocar sus mentes en lo que importa: bebida, dinero, supervivencia. Tengo poco para decir, lo cual significa que levanto la copa y propongo un brindis. Me dirijo a ellos como individuos lo mejor que puedo. Elogio al equipo de ventas por sus esfuerzos en la promoción de Lingua Franca. Felicito a los diseñadores web y los programadores, los telemarketers y el personal administrativo. Tenemos un equipo brillante, les recuerdo. Viajaremos a Barrow-in-Furness y crearemos un espectáculo que dará renombre a Lingua Franca—. No olvidemos por qué estamos aquí: sí, para reformular la lengua inglesa y dejar nuestra marca en la historia. Pero, amigos, también estamos contribuyendo a cambiar la circulación turística en todas las ciudades del país. Pregúntenle a Doncaster. Pregúntenle a Waterstones. En esta época de grandes recortes de los presupuestos locales, nosotros somos los únicos que les damos a las ciudades una nueva oportunidad de vida: un futuro. Estamos orgullosos de ganar dinero, pero también nos sentimos orgullosos de nuestra capacidad de tener un impacto masivo. —Todos aplauden. Me miran como si fuera el preferido, el simpático profesor de arte que orienta al subdirector Nigel—. No se olviden. Ustedes hacen historia. Cuando alguien compile una historia de la lengua inglesa, habrá un capítulo titulado Lingua

Franca. —Le estoy hablando a un público de borrachos. Apoyan todo lo que digo pero son incapaces de entender las palabras—. Así que levantemos nuestras copas… ¡A nuestra salud!

★ ★ ★ ★ ★

La belleza del complejo reside en que uno puede autoencarcelarse con facilidad. Si alguien quisiera forzar la entrada sólo podría lograrlo haciendo muchísimo barullo. Los ojos de Ptolomea se ensanchan, lo cual quiere decir que alguien se acerca por el sendero de grava. Está lista para defenderme. Lo bueno de Darren es que siempre llega puntual. Podría llamarlo a las cuatro de la mañana y vendría enseguida. La industria de la seguridad tiene un involuntario rasgo igualitario: sacar a los chicos de la calle y darles trabajo. Emplean a chicos como Darren y les dicen que es bueno ser un hijo de puta. La empresa de Darren ofrece protección a clientes de alto riesgo: tergiversadores del Corán y víctimas de la caza de brujas de la prensa amarilla. Yo soy uno de sus clientes más confiables. Durante el período posterior al cambio de nombre de Stoke-on-Trent, Darren se convirtió en guardia residente permanente en el complejo. Desde entonces el nivel de alerta ha disminuido un poco, pero sólo un poco. No hay dignidad en tener que salir de casa con un guardia de seguridad. Sería lindo andar solo, si los riesgos no fueran tan grandes. Incluso ahora, dieciocho meses después de que Milton Keynes se transformara en Stella Artois, muchos de sus habitantes querrían hacerme la vida lo más difícil posible. Me acusan de haber degradado el lenguaje y socavado lo que significa pertenecer a una comunidad. Me hacen preguntas retóricas tales como *¿dónde termina esto?* Yo les digo que no es necesario que esto termine, esto es sólo el comienzo.

Darren no anda bien. Lo veo en sus ojos. Pero aunque sea obvio no va a admitirlo. Necesita fingir que es lo suficientemente fuerte como para enfrentar cualquier cosa.

—Buenos días, señor.

Su sonrisa no es sincera. Probablemente sigue los consejos de su madre. Ella le dirá: "Haga lo que haga, dile que es brillante". Hace tanto tiempo que a Darren le dicen lo que debe hacer que apenas recuerda cómo era pensar. Se traga lo que venga.

—¿Iremos directo a la oficina esta mañana?

Asiento. La caminata no implica ningún peligro, y tampoco es seguro que Darren pudiera hacer algo si un peligro se presentara. Es del tipo disuasivo. Podría ser capaz de cualquier cosa, o de absolutamente nada.

El vecindario es una mezcla de dinero limpio y dinero sucio: médicos y narcotraficantes, proxenetas ricos y gerentes de compañías aseguradoras. Siempre hay una obra en construcción, un taladro persistente y el sonido de la madera arrojada a un contenedor de basura. Es habitual ver una camioneta blanca patrullando las calles: su misión es identificar a los no residentes y decirles que se vayan. Detrás de las verjas, los árboles son tan altos que apenas se ven las casas. Los nombres de las calles reflejan un pasado bucólico, lo que en un contexto moderno parece una especie de broma. Lambton Avenue remite "al pueblo donde se venden corderos". Esas cosas ya no ocurren.

Darren espía a través de un portón.

—Mansiones de peces gordos, viejo.

Darren vive con su madre en un edificio modesto de un conjunto de viviendas sociales rodeado de tachos metálicos con ruedas. Salimos por un portón y entramos al mundo real, donde los caminos son públicos, no privados, y las personas no te impiden que mires sus casas. Hablo de la noche pasada y cuento que todos se emborracharon. Darren disimula muy bien su decepción por no haber sido invitado. Cuanto más caminamos, más evidente se hace que no tenemos nada que decir. Para Darren, esto es como pasear a un perro. Yo tendría que ladrar cuando quiero volver a casa.

—No sé, Darren. A veces pienso que tendría que hacer algo más con mi vida. ¿Alguna vez tienes esa sensación?

—No, señor.

—Si cayera un asteroide y destruyera todo lo que hay en la Tierra, ¿qué habría logrado yo? —Darren tiene miedo de hablar—. ¿Puedo contarte un secreto, Darren? No quiero escuchar su respuesta. Voy a contarle un secreto.

—Soy un lector lento. Yo enseñaba inglés pero no leía ninguno de los libros. Enseñé todo un curso usando SparkNotes. Soy bueno para coleccionar libros, pero no tanto para leerlos. Tendrías que ver mi biblioteca. Kendal dice…

—¡Uuuuh! —dice Darren, señalando una tapa de rueda tirada sobre el cordón. Mira el objeto, que no es ninguna novedad salvo por el hecho de haberse desprendido de la rueda de un auto. El orden normal de los acontecimientos planetarios ha sido alterado. Entonces Darren parece darse cuenta de que se ha salido del guion; el guion implica escuchar cualquier cosa que salga de mi boca.

—Pero ya sabes… Tal vez no tenga importancia que yo no lea. Es bueno ser un charlatán. Ser un charlatán requiere talento.

—Sí, señor.

—Sin embargo, me gusta leer *sobre* libros. Podría contarte un montón de opiniones diferentes acerca de la Biblia. Pero nunca quise leer la Biblia propiamente dicha.

—La Biblia es aburrida, viejo.

—*Exactamente.* —Puse énfasis en el *exactamente* sólo porque quería que Darren dijera algo—. Seguro, sería lindo leer más. Pero nadie en el trabajo va a poner a prueba mis conocimientos sobre *Anna Karenina*. Soy un calificado… creador de lenguaje.

La conversación se diluye. Ya dijimos todo lo que necesitábamos decir. Pasamos frente a la vieja casa donde se suponía que íbamos a vivir con Kendal y donde ella todavía vive. Es una casa eduardiana, que por alguna razón todavía se mantiene intacta a pesar de los destrozos que nos rodean. Hace meses que no se molesta en cortar el césped del jardín delantero; el pasto se ve salvaje e irregular, y hay una carretilla casi oculta a la vista. Tendría que hacer algo con las canaletas rotas. Y hay un problema con un árbol en la entrada. Necesita que un cirujano de árboles pode las raíces o la casa se vendrá abajo. No ha hecho nada con ese árbol.

Caminamos un poco más, pasamos bajo la autopista y emergemos frente a la oficina.

—¿Necesita ir a algún otro lugar, señor?

—No, a partir de ahora puedo manejarme solo.

—Uno nunca sabe con quién se puede topar ahí afuera.

—Gracias.

Se supone que hay un orden para las preguntas que me hace Darren. Una de ellas, probablemente la próxima, debería ser: "¿Tuvo una buena tarde?". Darren entrecierra los ojos como si intentara recordar algo.

—¿Tuvo una buena tarde?

—Sí, Darren.

Me acompaña hasta los molinetes de ingreso al edificio. Sin advertencia previa, Kendal avanza hacia nosotros con cuatro bolsas de compras. Tiene las manos ocupadas; está cargada como una balanza desbalanceada. No puede impedir que el viento le empuje el cabello hacia atrás. Ya no tenemos el deber de guardarnos las opiniones. Esboza una respetable sonrisa social debido a la presencia de Darren. Parece feliz de que yo esté acompañado, lo cual significa que no corro peligro inminente de ser asesinado.

—¿Otro día dedicado a arruinar el mundo?

Mira la torre de oficinas como si hubiera algo que lamentar.

—Algo así.

Kendal asiente. Quiere que yo sepa que puede hablar de trabajo, siempre y cuando se le permita subrayar su disgusto.

—Haremos un asado el fin de semana que viene. Estás invitado.

—Pero ellas me odian.

Kendal les alquila un par de habitaciones a sus amigas profesoras. Es fácil imaginarlas sentadas en la cocina por las noches, comentando lo desagradable que soy. Yo no soy exactamente un monstruo, pero nuestra separación les ha dado a las amigas de Kendal libertad total para decir lo que se les antoja.

—Es una triple cita. Necesito un acompañante.

—¿No puedes encontrar uno?

—No, porque ya no hay hombres en esta ciudad. Son todos contratistas en tecnología informática, gerentes de bancos...

Darren se mira los zapatos. No hacemos el menor esfuerzo por integrarlo. Darren es la soga y nosotros los competidores que tiran de los extremos.

—Tendría que presentarte a Eden. Está deprimido.

—¿Quién es Eden?

—Trabaja con nosotros. El otro día lo seguí.

—¿Por qué?

—Quería ver cómo era su vida.

—¿Y cómo es?

—Una mierda.

Kendal comenta que tuvo a un adolescente llamado Eden como alumno. A veces lo ve pasar por la calle. Cabello corto, barba gris.

—Es él.

—Era poeta. O al menos quería serlo.

—Bueno, ahora trabaja en televentas.

A Kendal le gusta seguir en contacto con sus alumnos. Aunque ya no son sus alumnos, ella sigue considerándolos alumnos suyos.

—Dale un beso de mi parte.

Es una lástima que Kendal tenga alguna conexión con nuestro lugar de trabajo. No hace falta que sepa lo que hacemos.

Lo único que tiene que saber es que ganamos dinero y que, a consecuencia de eso, podemos vivir. Eso es lo que hacemos. Hay que reconocerle a Darren la paciencia de quedarse ahí parado escuchando. Él existe en los márgenes, está siempre presente pero nunca forma parte del cuadro. Kendal levanta sus bolsas de compras y le sonríe a Darren.

—Cuídelo bien, por favor.

—Sí... señora.

Darren evita el contacto visual, como si fuera un guardia del palacio de Buckingham. Probablemente quería decir *señora Platting*. Pero le faltó el convencimiento. Kendal dice que me llamará por el tema del asado. Saluda agitando la mano como si yo estuviera parado lejos. No hay beso en la mejilla, lo cual es una lástima y materia de reflexión.

★ ★ ★ ★ ★

No es un día para trabajar. Es un día en el que los cuerpos tienen permitido recuperarse y las mentes están autorizadas a descansar. Todos parecen sumidos en un estado general de abandono. Algunos tienen problemas para aclararse la garganta. Nadie parece haberse aseado. No son sólo los efectos del alcohol: es el amor no correspondido, son los mensajes de texto sin respuesta, es el hecho de engañar a sus parejas y todas las cosas a tomar en cuenta en el tráfico de correos electrónicos internos. Cuelgo mi chaqueta del perchero. Por una suerte de acuerdo tácito, soy el único que tiene permiso para llegar tarde. Me topo con una fila de jóvenes graduados, que sonríen para atraer mi atención como si yo fuera un camarero que no trajo la cuenta. Miro mi celular mientras camino: la excusa perfecta para evitar sus miradas. Avanzo hasta la mitad de la sala.

—Sí... señorita.

—Miles, ¿puedo preguntarle por el logo?

Los graduados tienden a hacer montones de preguntas. Prefieren los problemas a las soluciones.

El siguiente dice:

—Cuando termine de hablar con Karen, ¿tiene unos minutos para mirar la gacetilla de prensa?

Alguien más dice:

—Cuando termine con Ed, ¿puede chequear la voz en *off*?

Levanto la mano para darles a entender que *basta de preguntas*. Mi manera de liderar con el ejemplo es evitar por completo cualquier clase de liderazgo.

—Me alegra que ustedes se ocupen de las cosas.

Todos se arredran al unísono. Si contestan algo, es un simple "Por supuesto". Lleva un tiempo que las cosas recuperen su ritmo habitual. El equipo de técnicos monitorea las redes sociales en busca de intentos de acabar con nosotros. Los comercializadores digitales analizan el tráfico en Internet para alimentar su entusiasmo. Los diseñadores gráficos se sientan en círculo y discuten los valores de marca de Barrow-in-Furness. La mayoría del ruido proviene del escritorio de televentas. Están hablando con Cleethorpes, Bognor Regis y Westgate-on-Sea. Su objetivo es superar la resistencia.

—Perdóneme, señor, pero ¿me está diciendo sinceramente que quiere dejar un fajo de doscientos mil intacto sobre la mesa sólo para honrar la tradición? —Eden suelta una carcajada—. Quiero decir, está bien… si eso fuera financieramente viable. ¿Pero qué dirá su electorado? —Hay mucho que admirar en el trabajo de Eden. Combina la perspectiva del universitario con la del que tiene calle. Su elocuencia supera de lejos la de los demás—. De acuerdo, señor, sí… No hay ningún problema, señor. Me han dicho cosas peores. —Siempre cuelga el teléfono haciendo el mayor ruido posible—. Fui un desastre.

—Sonaba bien, compañero, ¿quién era?

—Lincoln.

—¿Lincoln? No es poca cosa. No seas tan duro contigo mismo. Estamos en carrera para reclutar alguna ciudad con gran potencial turístico, algún lugar con un castillo o una catedral. En el Reino Unido hay 48.083 ciudades, pueblos y aldeas. En la pared hay una grilla con miles de poblaciones británicas ranqueadas según el ingreso promedio, la cantidad de graduados universitarios, las perspectivas laborales, los precios de las propiedades y otras cosas por el estilo. Usamos un código de colores para diferenciarlas: las ciudades doradas son del estilo de Cambridge, Bath y Oxford, ninguna de las cuales respondería nuestros llamados. Después viene la franja amarilla, las ciudades elegantes, menores, que carecen de valor de marca, tales como Winchester y Cheltenham. Después está el beige: Reading, Colchester, Maidstone, Northampton. Por último, la base de la grilla es donde enfocamos nuestra actividad: ciudades con una baja tasa de empleo y escasa cantidad de visitantes como Cumbernauld, Canvey Island, Barrow-in-Furness. Las marcas, por supuesto, son ilimitadas. Nuestro equipo de sociedades se vincula con empresarios, los lleva a almorzar y los convence de los beneficios de redenominar las ciudades. Tenemos ciento cincuenta compañías que esperan hacer una oferta por los derechos de denominación de cada ciudad. Las ciudades firman en el contrato provisorio que podemos vincularlas con un socio adecuado (y lucrativo) que se encargue de los derechos. Después de la venta, nuestro equipo de sociedades aconseja a la ciudad sobre cuál socio de derechos de denominación les caerá mejor a sus electores. Podríamos sugerir que la acaudalada Edimburgo fuera redenominada como una compañía lanera de moda, o que la progresista Bristol pasara a llamarse Planet Organic. Cuando comienza la subasta, los derechos de denominación de un lugar como Ipswich pueden recaudar un par de millones por año, pero una Oxford o una Cambridge atraerán cientos de millones. Me presento ante todos como una persona dispuesta a negociar.

—Escuchen, muchachos, quiero ver más ciudades históricas. Más capiteles, ¿sí? Eden hizo un gran trabajo convenciendo a Lincoln. Si consiguen una ciudad de primera línea les pagaré unas vacaciones en Las Vegas. Y entonces podrán conseguir Las Vegas.

Consultan en tándem las bases de datos de sus computadoras, descuelgan los teléfonos y comentan entre ellos quién tiene Windsor y quién York. Eden fotocopia algo —un formulario de débito directo completo— que le gusta guardar en un cajón. Es organizado, incluso con las cosas que no tienen que ver con su capacidad de hacer una venta. Apoya el formulario sobre su escritorio. Me mira y anuncia que va a salir a fumar. Se acomoda la chaqueta sobre los hombros y sale.

Sin Eden, casi siempre pierden el foco. Miro al equipo y aplaudo.

—Concéntrense veinte minutos y todos tendrán su pausa para ir a fumar.

Me siento bien al salir de la sala sabiendo que tenemos algo parecido a un negocio. Entro en la oficina contigua, donde Nigel está hablando por teléfono.

—Sí, tenemos rollos de papel. Sólo necesitamos seis baños químicos. ¿Cuánto tardan en instalarlos?

Sobre su escritorio hay una hoja con una lista de cosas tales como *detergente* y *cerveza*. En la pantalla de la computadora, un mapa de Barrow-in-Furness. La misión de Nigel es ocuparse de la construcción de nuestra unidad de base, planificar los eventos y asegurarse de que no paguemos ninguna clase de impuesto por ningún concepto. Nigel por fin cuelga el teléfono. No tocó su sándwich de salchicha. Se echa hacia atrás en su silla y suspira, dando la impresión de que odia su trabajo cuando en realidad no tendría nada mejor que hacer. Repasa la lista.

—Tenemos los baños químicos, una mesa de ping-pong, una heladera pequeña, una heladera grande…

—¿Cómo es el clima?

—Frío. Pedí varios calefactores para exterior. —Nigel se echa de nuevo hacia atrás y hace un ruido de exasperación fingida—. ¡Tengo tanto que hacer!

—¿Y la seguridad?

—Ofreceremos una recompensa por la cabeza de tu eventual asesino. ¿Cuánto podría ser...? ¿Dos millones?

—Consigue un par de guardias.

—Podemos llevar a Darren.

—De acuerdo.

Nigel tiene ojos pequeños y una barba débil que le sale en parches. Parece alguien que pasó toda su vida universitaria en un cuarto oscuro jugando a *World of Warcraft*. Revisa sus notas y trata de recordar algo sobre plataformas ferroviarias.

—A propósito, quieren tenderte una emboscada.

—Entonces llevemos algunos garrotes.

La historia nos enseña que la logística es esencial. Hemos aprendido de nuestros errores. En la ceremonia de redenominación ya no servimos huevos a la escocesa: son buenos misiles. Aprendimos a pronunciar *Clitheroe*.

Vemos que algunos de los graduados se amontonan en la ventana, un poco perturbados, como si estuvieran atrapados en un barco que se hunde. La puerta se abre de golpe y nos dicen que vayamos a mirar. Ahora todos se reúnen frente a la ventana y miran algo. Pareciera que toda actividad ha sido interrumpida. El teléfono suena y nadie le presta atención. El foco está puesto en el techo de enfrente, donde hay alguien agachado en el borde como un nadador cauteloso que estuviera pensando si se zambulle o no. Me mordí el labio inferior pero no sentí nada. ¿Es realmente Eden? ¿O es un sosías de Eden que está por arreglar el acondicionador de aire? No parece probable. Los técnicos no usan camisas a cuadros. No necesitamos binoculares para ver que es Eden. Se mueve como un gato en el techo. No le importa que estemos enfrente, con las manos pegadas al vidrio.

Parece concentrado. No presta atención a nuestros ademanes; somos una tribuna de fútbol intentando distraer al que va a patear el penal. Eden debe de pensar que somos nosotros los que necesitamos ayuda.

—¿Nigel?

Nigel no tiene un protocolo. No hay precedente, lo cual significa que no tiene ninguna referencia que consultar en el catálogo de marcas. Camina entre los que miran y desliza la serena y extraña sugerencia de que todos tendrían que dispersarse. Dice:

—No hay nada que ver, damas y caballeros.

Pero no obtiene respuesta. Hay mucho que ver. Al nivel de la calle nadie parece saber lo que está pasando. La gente entra y sale de la estación de tren. Las palomas observan desde el techo opuesto.

Quiero creer que Eden me está mirando, aunque está mirando hacia adelante. Él es el único que puede entender lo que está pasando. Parece relajado. Sólo quería salir a fumar un cigarrillo. Por casualidad encontró la escalera de emergencia. Eso fue todo lo que ocurrió. Eden se levanta. Parece medir el espacio frente a él. Eden exhala y nosotros contenemos la respiración.

—Eden…

Nos mira a todos: a cada uno de nosotros. Cierra los ojos. Algunas de las mujeres empiezan a gritar. Los muchachos agitan los brazos y gritan. Él toma envión y salta al vacío, a la única cosa de la que está seguro, la única cosa cierta.

5. Reposicionamiento de marca

No me dieron suficiente papel. Sobre el piso están desparramadas las hojas con todo lo que escribí. El médico le pasa una de las páginas a la enfermera, que se la pasa al psiquiatra. Todos leen mi historia. Clavo la lapicera en el único espacio en blanco que queda.

Tráiganme más papel.

Dos hoyuelos se dibujan en las mejillas de la enfermera. La ardilla gris asiente. Les alegra que esté jugando el juego. A falta de papel donde escribir, sólo puedo usar mi voz.

—¡Vamos!

Esto parece causarles pánico. La enfermera corre hacia el cajón y mira adentro. Vuelve con un poco de papel. Me incorporo y me siento. La enfermera pone una almohada detrás de mi espalda. Ubica delante de mí la pantalla de televisión retráctil y se asegura de que sepa cómo encenderla, y me muestra cómo acceder a las películas mudas. Toma una lapicera del escritorio y escribe:

Lo está haciendo muy bien.

Hace todo con una sonrisa en los labios. Refuerza cada aspecto de mi ser, siempre y cuando yo no diga nada. La mucama se lleva mi taza. El fisioterapeuta me frota las plantas de los pies. Lo único que necesito es una estrella dorada. Aparentemente, cautivo la atención de todos. Suena el timbre de otra cama y la enfermera lo ignora. En la habitación hay seis camas, todas ocupadas por varones. Me recuerda las épocas que compartí con extraños, como la semana en que ingresé hace mucho tiempo a la Universidad de Southampton, hoy The Wagamama Institute. Los pacientes parecen estar medio dormidos. Uno de ellos tiene el pie enyesado y levantado. De vez en cuando alguien gruñe. Es difícil saber si están empeorando o ya no vale la pena tomarse la molestia de hacer nada con ellos. Es como si yo fuera el único que está vivo.

Entra un carrito y la encargada del *catering* deja una bandeja: puré de papas y un vasito metálico con verduras. Me ofrece un menú con distintas opciones de postre. Señalo la tarta *BlackBerry*, antes conocida como tarta Bakewell. Escribo una nota:

Mostaza, por favor.

La encargada del *catering* mira a su colega y hace una letra "M" con el índice, el mayor y el anular apuntando abajo. El mensaje es comprendido. Rompo el celofán que envuelve el sachet de salsa de carne. En la pantalla de TV está el informe meteorológico. Me pongo los auriculares y me doy cuenta de que no hay diferencia porque el audio está silenciado. El meteorólogo está hablando en voz alta pero sus palabras aparecen subtituladas. Señala el sudoeste de Inglaterra, señala Allianz, donde las temperaturas caerán a los nueve grados. En Pfizer, *Surrey*, hay grandes probabilidades de lluvia. La Agencia de Medio Ambiente emitió una advertencia sobre las condiciones de los caminos en Cath Kidston. La enfermera calibra la temperatura de la habitación. Yo levanto el pulgar. Por el rabillo del ojo veo que la ardilla gris acompaña a un paciente al pasillo. Me saco los auriculares y pongo la bandeja a un costado. Giro para sentarme en el borde de la cama y deslizo los pies en las pantuflas. La enfermera parece vigilarme.

¿Adónde va?

Hago mi primera tentativa en el lenguaje de señas y señalo mi bragueta. Ella me corrige: se supone que debo golpearme dos veces el hombro con el dedo índice. Ya lo sé para la próxima vez.

Si está buscando a Kendal, no la encontrará.
¿Por qué?
Es un hospital grande.
¿Dónde está Kendal?

La enfermera se encoge exageradamente de hombros. Le pasa mi nota al fisioterapeuta, que hace lo mismo. Tendría sentido que me prestara a jugar el juego para ver adónde me lleva.

Esperaba que Kendal estuviera aquí.
La verá cuando se recupere.
Pero yo estoy bien.

La enfermera se inclina para sacar una lata de Heineken del carrito. La deposita sobre mi mesa de luz. Nunca conocí una enfermera que estimulara la ingesta de alcohol en la cama.

¿No va a decirme qué pasó después?

Me mira con la expectativa de que cualquier cosa que yo escriba será asombrosa. Quiere conocer el resto de la historia. Me hace sentir que soy lindo. Soy un tipo interesante. Cuento grandes historias con mi lapicera, y no es que lo que escribo sea especialmente brillante; lo brillante es mi manera de contarlo. Tendría que escribir todo lo que pudiera, y hablar en voz alta cuando no puedo encontrar las palabras. Voy a escribir sobre Kendal, sobre Nigel y sobre todos los demás. Lo único que necesito es una lata de Heineken, la cerveza, no el lugar en West Yorkshire.

★ ★ ★ ★ ★

En los instantes posteriores a la caída de Eden, Nigel exhibe un desempeño encomiable. Escribe un e-mail a todos los miembros del personal, donde destaca la necesidad de mantener la prudencia. Por alguna razón, afirma que Eden jamás haría algo tan estúpido como quitarse la vida. Debe de haber sido un accidente. Cuando llega el momento de llamar a la policía y dejar registrado por escrito lo que vimos, Nigel insiste en trabajar hasta cumplir con nuestros deberes. Este es el estado de las cosas que Nigel prefiere. Le gusta que todo sea un procedimiento. No le molestaría que todos los días hubiera una crisis.

Nigel me encuentra en la oficina contigua.

—Dejó esto sobre su escritorio. Hice una fotocopia. Le daré el original a la policía. —Nigel lo pone delante de mis ojos. Es un formulario de débito directo completo firmado por Eden. En el dorso hay una nota manuscrita—. No creo que quieras leerlo, compañero. No es tan malo. Pero no es nuestro más grande fan, por decirlo de algún modo.

Miro las letras sin entender las palabras. Doblo el papel y lo guardo en el bolsillo de mi chaqueta.

—En otro momento.

A través del vidrio vemos la oficina como nunca la hemos visto antes: ociosa y en silencio. Todos parecen estar mirándose, consumidos por primera vez en conjunto. Los objetivos de ventas sobre la pizarra podrían pertenecer a otra época. Nada parece importante, excepto amarse y apoyarse unos a otros. En nuestra pequeña celda, imitamos su silencio. Nos quedamos sentados sin decir nada. Nigel carece de la humanidad necesaria como para construir oraciones adecuadas a la circunstancia.

—Pone un palo en la rueda en las negociaciones con Barrow, ¿no te parece? —Miro a Nigel como si mereciera lástima. Parece darse cuenta—. Era un decir. —Miramos la sala de enfrente. No hay ningún dato en el reglamento, ninguna guía que consultar—. Están esperando que digas algo, compañero.

—Ya lo sé.

Nigel nunca dice "compañero". En una situación corriente, sonaría mal en boca de Nigel. En el contexto de la muerte de Eden, suena cálido y sincero. Era lo que había que decir. Dejo que Nigel me pase el brazo sobre el hombro. Después nos apartamos y no establecemos contacto visual.

Sentados a sus escritorios, todos hacen el esfuerzo de girar las sillas para mirarme. Quieren una distracción. Me miran como si fuera el presidente de los malditos Estados Unidos. Como si estuvieran en la sala de prensa y esperaran mi veredicto. Me acerco hacia lo que sería la tarima: un escritorio detrás del cual me paro y comienzo mi discurso.

—Buenas tardes, amigos. —Es raro que toda la oficina me preste atención al mismo tiempo. Se dan cuenta de que me resulta difícil sonreír—. Sé que muchos de ustedes vieron lo que ocurrió hoy temprano. En el transcurso de la tarde hablamos con la policía… —La situación me resulta fácil de manejar hasta que me acerco más al tema. Mi voz comienza a temblar. Me veo obligado a meter la mano en el bolsillo—. Lamento confirmar que Eden Darby, nuestro compañero y amigo, ha fallecido. —*Fallecido* es la palabra correcta. Uno no puede anunciar que alguien ha muerto. Hago un esfuerzo consciente para evitar que se me humedezcan los ojos. Si yo llorara, mi llanto les quitaría la fe en todo. Este es el momento. Lo ocurrido sólo parece real en este momento particular. Siento la mano de Nigel en mi espalda. La mayoría deja de lado la arrogancia profesional; se permiten quebrarse. Sollozan con las cabezas enterradas en las manos y se abrazan. La emoción ha dejado su marca. Casi todos tienen la piel enrojecida—. Hoy la tragedia nos ha dado un golpe. Quiero que todos vayan a sus casas. En los próximos días haremos un anuncio sobre el proyecto Barrow. Es innecesario decir que Eden siempre estará en nuestros corazones.

No hay una orden oficial de que hagan silencio. Se hace silencio simplemente porque todos quieren hacer silencio. Mejor no decir nada.

Todo parece cobrar intensidad. En mi teléfono celular tengo cinco llamadas perdidas de Kendal. El equipo de prensa redacta un comunicado en homenaje a Eden. El administrador de redes transfiere nuestros archivos a un *backup* por si se diera el caso de que nuestro edificio fuera alcanzado por una bomba de mortero. Nigel atiende su teléfono celular y le dice a un periodista que no haremos declaraciones. El objetivo principal es salir del edificio, y cómo hacerlo. Por la ventana vemos lo que nos espera: una sala de prensa. Una de verdad. Más las cámaras de los noticieros. Evalúo la posibilidad de hacer una broma sobre lo populares que somos, pero la descarto. Nigel enciende una luz amarilla fluorescente y les dice a todos que formen fila en el pasillo. La mitad del equipo recibe la orden de evacuar el edificio por las escaleras, la otra mitad por el ascensor de atrás.

—¡Esto no es un simulacro de evacuación! —dice Nigel. Nadie parece saber qué es.

Somos los últimos en salir. Atravesamos el estacionamiento subterráneo y pasamos por los molinetes de ingreso, después de mostrarle nuestros pases al guardia de seguridad. Darren está esperándonos. Destraba las puertas traseras de una camioneta blanca. Pregunta si tuvimos un buen día, después se corrige diciendo "Perdón, perdón". Su guion de conversación falló. Nigel y yo nos sentamos con las piernas cruzadas en la parte de atrás de la camioneta. Darren conduce. Nos las ingeniamos para llegar al centro de Stella Artois a través de la maraña de periodistas. Sé que las cámaras están allí, y sé lo que viene después. No obstante, me doy vuelta para mirarlas justo a tiempo para el flash. Estoy seguro de que consiguieron una buena toma. Estoy seguro de que tienen un titular listo, una historia para publicar. Soy un fugitivo, un villano de cartón para recortar. Pueden recortarme y pegarme en el diario. Bien adherido con goma de pegar. Y pasar a otra página.

★ ★ ★ ★ ★

Nos damos un tiempo para el duelo, lo cual implica suspender el trabajo, no hablar con nadie, dormir mucho y darme cuenta de que no tengo vida más allá de Lingua Franca. Llamo sin necesidad a un electricista y a un plomero. El baño funciona perfectamente bien, pero quiero estar seguro. Hay que cambiar los focos de las lámparas cenitales del living. Decido que mi nueva misión en la vida es reemplazar los focos cenitales. Saco varios del cajón. Me subo a una silla y le doy un par de golpecitos al foco inservible, aflojo la rosca. Saco el foco, dejo el casquillo colgando. Ptolomea se refriega contra las patas de la silla. En momentos como este, Ptolomea es una molestia antes que una alegría. Deja en claro que quiere comer, pero en realidad olvidó que tiene un plato de comida arriba. Suena mi celular. Lo único más importante que reemplazar los focos es contestar el teléfono.

En mi breve conversación telefónica con los funcionarios de Barrow llegamos a la conclusión de que tendríamos que reorganizar el lanzamiento. Barrow seguirá siendo Barrow una semana más. El concejal expresa sus condolencias, y coincidimos en que la tragedia podría haber golpeado a cualquier empresa.

Ese mismo día, un poco más tarde, recibo un llamado de Kendal, que quiere saber si escuché la noticia.

—¡Veintitrés, Miles! Tenía veintitrés años.

—Lo sé.

—No puedo pensar en otra cosa. ¿Sabes qué me dijo a los diez? Me dijo que yo era su maestra preferida. ¿No es hermoso?

—Es hermoso.

—Tenía veintitrés años, Miles.

—Lo sé.

Kendal describe lo que ya sé: que Eden saltó del techo, y que nadie se lo esperaba. Dice que Lingua Franca tendría que colaborar con los gastos del funeral, y me descubro asintiendo. Digo unas pocas palabras sobre Eden. Era un motivo de orgullo para la compañía. Parece que todo lo que digo irrita a Kendal. Estoy perdiendo la competencia de a quién le gustaba más Eden.

—No creo que debas sentirte culpable —dice Kendal.

—No me siento culpable.

—No podías saberlo.

—¿Saber qué?

—Que habías contratado a un suicida.

Esa misma tarde nos encontramos en un cafecito de mala muerte. La ocasión requiere la presencia de Darren, que se sienta afuera con un cigarrillo y un ejemplar de *The Sun*.

—¿No quiere entrar?

—Está cómodo afuera.

Kendal tiene cara de no haber dormido. En el silencio, el café parece más ruidoso de lo que es. Cada tintineo de un vaso cobra importancia.

—"El Señor erige Jerusalén. Cura los corazones lastimados y sana las heridas." —Se frota los ojos con la pequeña e insuficiente servilleta de papel que acompaña nuestro pan con tocino—. Me juré que no iba a llorar.

—Para eso estoy aquí.

Kendal me toma del brazo. Si no fuera por las sillas, insufriblemente angostas, nos abrazaríamos como corresponde. Ella apoya la cara sobre mi brazo. Deja mocos en la manga. Una parte de mí se pregunta si Kendal no me habrá traído aquí para obligarme a mostrar emoción delante de un grupo de albañiles.

—Diré unas palabras en el funeral —dice—. Pensé que debías saberlo.

—Me parece bien.

—Todavía no sabes qué voy a decir.

La miro con cara de *ni se te ocurra.*

—No voy a mencionarte.

—Más te vale.

—Voy a hablar de lo que representas. —Frunzo el ceño al máximo. Es la mejor manera de expresar mi enojo—. No me mires como si estuvieras constipado —dice Kendal—. Lo de Eden podía pasar en cualquier momento. Tú crees que puedes esconderte en tu fortaleza y no pensar jamás en nadie. Bueno, ¿sabes una cosa? Hay un mundo allá afuera, y tienes responsabilidades hacia ese mundo.

Está citando alguna frase célebre, pero no sé cuál. Es su estrategia para sacar ventaja. Hacía lo mismo en nuestras discusiones.

—Tienes razón.

—¡Sí!

Da un puñetazo al aire y mira a su alrededor, como evaluando si es el momento o el lugar adecuado para bailar la danza de la victoria.

Quiero hacer una confesión.

—Me escribió. Figuro en la carta.

Ella me mira como si hubiera dicho algo ofensivo.

—¿En la carta de quién?

La miro fijo.

—¿Qué dijo?

—Aún no la leí.

—"¡Entonces arrepiéntete, y regresa a Dios para que tus pecados sean erradicados de la faz de la Tierra!" —Kendal alza los brazos y se ríe. Aunque es atea, tiene una obsesión con los proverbios religiosos. Ve su belleza oculta—. Tienes que leerla, Miles.

—Detectó una presa. La persigue—. Puedes cambiar. ¡Puedes arrepentirte!

Meto la mano en el bolsillo de mi chaqueta. Palpo la carta de Eden. Por el momento decido no hacer nada.

—¿Pedimos la cuenta?

Kendal vuelve a alzar los brazos.

—De acuerdo. —Me saca una pelusa del hombro. Frunce el entrecejo al ver el espantoso nudo de mi corbata. Le recuerdo que ya no tiene necesidad de preocuparse por esas cosas—. Pero no puedes tener este aspecto horrible —dice—. La gente podría pensar que seguimos juntos. —Percibo que intenta recordar si tiene algún motivo para enojarse—. ¿Vendrás el viernes? Por favor, di que sí. Necesito una pareja.

—Iré.

—Es la peor idea que tuve en mi vida.

—Muy romántico de tu parte.

—Si tienes suerte, te pagaré el taxi de regreso.

—¿Sabes una cosa? No te extraño.

Caminamos por Midsummer Boulevard, que es como una playa de estacionamiento interminable. Hay demasiados espacios abiertos en Stella Artois. Quiero sentirme acorralado. Quiero esa ciega seguridad corporativa que dan los edificios altos. Darren camina a nuestro lado. Murmuro que sería bueno que nos dejara solos. No se da por aludido hasta que deslizo un billete de veinte libras en la palma de su mano.

Una dama vestida con traje de esquí y orejeras nos entrega un folleto.

—¿Quieren patinar sobre hielo, chicos?

Miro a Kendal, que levanta un brazo para que yo lo tome delicadamente: una especie de parodia del amor cortés. Vamos a patinar sobre hielo.

Me calzo las botas y camino un poco, pero pierdo el equilibrio cuando la hoja queda atrapada en una grieta. Kendal se ríe, y la miro como diciendo "¡Como si supieras patinar!". Me saca la lengua y empieza a andar, con más elegancia que yo, evidentemente.

Volvemos a darnos el brazo.

—¡Tienes que mirar el hielo, idiota! —Dobla las rodillas para mostrarme la mejor postura—. Tienes que doblar las rodillas y deslizarte. No te estás deslizando. Estás clavado en el barro. Me aferro a la baranda. Un par de niños pasan patinando. ¿Hay alguien peor que yo? Miro a mi alrededor, pero no hay nadie peor.

—Vamos.

Me toma de la mano y formamos un dúo. Me las ingenio para conservar el equilibrio. Muevo las piernas como un cordero que aprende a caminar. Caminamos hasta el centro de la pista. Detrás de la baranda, una multitud de bebedores de vino caliente especiado empiezan a observarnos. Somos el objeto de sus miradas, lo que les llama la atención. Algunos de los niños también nos miran. Kendal se toma de mi mano para hacer una pirueta.

—Ahora inténtalo.

Empiezo a tambalearme. Empiezo a mover las piernas y ella me suelta. Me bamboleo agitando los brazos como un borracho loco y sin equilibrio. Mis pies resbalan y de pronto estoy cayendo; lo único que se me ocurre es apretar los puños. Aterrizo con un golpe duro sobre el hombro derecho. Recién cuando logro sentarme veo que Kendal se ríe. Me ayuda a levantarme y me saca el hielo del cabello.

—Vamos, Bambi. Vamos a conseguirte un par de ruedas.

Abandonamos la pista antes de lo previsto y avanzamos hacia el vino caliente especiado. Uno de los niños hace el gesto de chocar los cinco.

6. Sesión de expresión

Estamos con los deudos, que forman un círculo en la entrada. La mayoría parece conocerse. Nadie se siente inhibido de llorar junto a sus amigos. Algunos se han autoasignado el rol de dar abrazos; otros necesitan que los contengan. A nadie le importa que lo estén mirando. No se le pide a nadie que controle sus emociones. Está todo a la vista. La llegada del féretro nos amontona. Alguien se acerca al coche fúnebre y abre la puerta del pasajero. Emerge la familia de Eden. Todos le abren paso.

El féretro es llevado a la iglesia. No es un edificio que inspire temor reverencial. Se reconoce que es una iglesia sólo porque tiene una cruz en el frente. Por lo demás, podría ser el gimnasio de una escuela. No da la impresión de que haya que limpiarse las suelas en el felpudo antes de entrar. Los padres de Eden deben de haber elegido la iglesia para recordarnos que alguna vez fue un buen muchacho cristiano. No siempre fue el Eden que conocimos al final. El Eden que nos gustaba. Todos le sonríen al pastor protestante, que entrega un folleto publicitario y un panfleto. El ataúd es colocado sobre una plataforma visible para la congregación y la galería. Encuentro un lugar en la parte de atrás, que me permitirá una huida sin obstáculos. Kendal está sentada unas hileras más adelante, pero evito atraer su atención. No quiero distracciones. El acontecimiento nos da una excusa para no mirarnos. Nigel lleva guantes negros, que tienen la ventaja de ser buenos para manejar y para las demostraciones públicas de tristeza. Cuando Nigel ocupa su puesto cerca de mí, ya concluí el proceso de evaluar la situación. Pensé en lo que está sucediendo y enfrenté el acontecimiento propiamente dicho: la muerte. Le llevo unos segundos de ventaja al resto de la concurrencia. El reverendo es el primero en hablar. Dice gracias por haber venido y pide que todos se aseguren de haber apagado sus celulares. Una o dos personas se palpan los bolsillos buscando el teléfono. Según el panfleto, el primer discurso estará a cargo del padre de Eden. Surge desde la parte de atrás. Un hombre de suave cabello blanco que no cubre del todo su cuero cabelludo. Se para delante del atril sin hacer aspaviento. No hay aplausos. El aplauso resultaría inapropiado. Mira al público un instante y sonríe para agradecer su presencia.

—Sé que es difícil —comienza—, pero la única manera de atravesar esto es recordar a Eden como era en realidad. Era un espíritu amable y generoso. ¡Cuando no era un dolor de cabeza! —Todos ríen sonoramente. El señor Darby les quitó las cadenas. Dejó entrar un poco de luz en la sala—. Si miramos la vida de Eden con mente abierta, entenderemos lo que realmente significó para nosotros. Podremos recordarlo de la manera más fiel. Y nos daremos cuenta de que no había nadie como él. —Se las ingenia para mantener la compostura—. No creo que ninguno de nosotros haya aceptado lo que sucedió. Pero, por difícil que sea, tenemos que aceptarlo. El cuerpo de Eden pronto volverá a la tierra —dice. Esto nos da algo concreto en que pensar—. Si algo lamento, damas y caballeros, es que Eden jamás habría imaginado el amor que mostramos por él en este lugar.

El padre de Eden es un orador elocuente; probablemente asistió a una de esas escuelas privadas donde dan clases de oratoria. Probablemente trabaja como abogado o juez de la corte suprema, no por el dinero o el poder, sino con el benigno y paternalista propósito de usar la propia influencia para ayudar a los que no tienen ninguna. El señor Darby hace una referencia al trabajo de Eden, que lo cansaba y lo enfermaba. Le resultaba una pesada carga. Lo redujo a ser un soldado raso de un imperio ajeno.

—Cuando pienso en sus últimos meses, pienso en un hombre de gran inteligencia que no tuvo la posibilidad de mostrarla. Él sabía que podía hacer mucho más. —El señor Darby, un vástago de la posguerra que *nunca lo tuvo fácil*, probablemente jamás pensó que su hijo se dedicaría a hacer llamados comerciales ocho horas al día—. Sí, estos últimos meses fueron difíciles para Eden. No estaba particularmente orgulloso de su trabajo para Lingua Franca, una organización que busca poner en valor y redenominar ciudades británicas a través del esponsoreo corporativo. Solíamos reírnos juntos de eso. Pero, en muchos sentidos, la historia de Eden fue una historia de coraje e integridad. Sabía que su vida cotidiana era poco satisfactoria, que brindaba poca recompensa personal. Pero nunca se dejó tragar por el sistema. Se juró que, si no podía vivir como quería, que era vivir al servicio del mundo que amaba, entonces vivir no tenía sentido. Su muerte es una lección de vida. Como diría el propio Eden, vivir una vida auténtica es la única vida que vale la pena vivir.

Yo no tendría que mirar a Nigel, que no quiere reconocer lo que se está diciendo. No quiere aceptar que podríamos ser culpables de algo. Parece Tony Blair escuchando el llamado a la paz de Nelson Mandela. No quiere oírlo. Estas son las circunstancias que requieren la presencia de Nigel. Nigel sabe cómo perorar mejor que yo. Se hace cargo de defender a la empresa a cualquier precio. Puede demostrar por qué no somos malos, a pesar de toda la evidencia en contra. Yo soy incapaz de sostener ese argumento o de reunir la fuerza necesaria.

El señor Darby nos pide que nos levantemos de nuestros asientos y vayamos a reunirnos con él en el altar. La escena se transforma en un espectáculo, que incluye a toda la congregación caminando hacia el ataúd. Algunos se limitan a tocarlo con la mano. Otros lo miran de lejos y murmuran lo que hay que murmurar en estos casos. Los deudos parecen una sola persona: son parte de una masa, que se reúne en silencio. Hay una mesa con fotografías enmarcadas de Eden. Ahora lo conozco más íntimamente. Siento su presencia, es alguien que ocupa un lugar en mi inconsciente. Antes no existía de esta manera. La muerte lo acerca. El señor Darby anuncia que todo el que desee decir unas palabras sobre Eden es bienvenido a hacerlo. Una mujer de melena oxigenada intenta iniciar un discurso. Hace un falso comienzo —tartamudea— y por último admite que no puede hablar. Alguien la deja restregar la nariz en su hombro. El silencio es interrumpido por Kendal, que se presenta como la antigua profesora de Lengua de Eden. Eden fue alumno suyo en sus años adolescentes, y ella conoce todas sus virtudes. A pesar de que habla delante de una clase todos los días, Kendal tiene dificultades para mantener quietas las manos. No tiene ese estilo natural del padre de Eden, pero sabe qué quiere decir.

—Las personas como Eden me recuerdan por qué elegí ser profesora. Era amable, generoso y dulce. —Se dirige a todos los presentes cuando dice que Eden era un joven muy popular. Dice que se supone que no hay que tener preferidos, pero que con Eden eso era difícil porque su manera de ser inspiraba amor. Eden hizo que su trabajo fuera más sencillo—. Eden era un docente natural. Compartía sus conocimientos de historia o de ciencia, pero nunca de manera condescendiente. Quería que aprendieras algo y te maravillaras con la belleza del mundo. Quería enriquecer tu experiencia de vida.

Cuanto más habla, más segura de sí parece. Es como si de pronto recordara cosas que antes no se había molestado en recordar. Nos cuenta que en una oportunidad Eden anunció a la clase que los dos puntos que aparecen sobre algunas vocales se llaman diéresis. La última vez que Kendal vio a Eden fue en la entrada de un cajero automático en la calle principal. Eden habló de su trabajo.

—Es una verdadera lástima que haya pasado sus últimos meses haciendo cosas que detestaba. —Me las ingenio para mirar al suelo. Bajo la cabeza y entrecruzo los dedos de las manos. Lingua Franca, reconocida por su despiadada ética comercial, jamás despertará sentimientos de afecto entre los deudos. Para Nigel es sólo otro procedimiento más: algo por lo que tenemos que pasar—. Lingua Franca lo extenuó. Lo hicieron sentir que no valía nada. Pero él era valioso. Y si bien no podemos responsabilizar de manera directa a sus empleadores, podemos recordarles cortésmente que ningún hombre es una isla, que todo hombre es parte del continente.

El aplauso demuestra la gratitud que sienten la familia y los amigos de Eden. Kendal habló bien. La iglesia se ha transformado en un tribunal. Nos están juzgando bajo la sospecha de haber arruinado la vida de Eden.

—No te preocupes —susurra Nigel—. No asesinan a nadie en un funeral.

Salimos de la iglesia con una canción de Bob Dylan. Kendal aminora la marcha para reunirse con nosotros. No sabemos si tomarnos del brazo o seguir como estamos. Una vez afuera, nos congregamos donde empezamos. Está lloviendo, lo cual tiene sentido. Parados sobre el pasto húmedo vemos pasar el ataúd rumbo al coche fúnebre. Ninguno de nosotros dice nada. Lo bueno es que nadie ha reconocido mi presencia. Saben que el empleador de Eden tiene muchas cosas por las que responder, pero no necesariamente saben que soy yo. No se sienten obligados a mirarme y condenar mi existencia. Eso es bueno: no sabrían qué hacer conmigo. Reconozco a la rubia oxigenada que avanza hacia nosotros.

—¡Usted es su jefe! —Tiene un diente de oro. Me doy cuenta por su manera de mascullar—. Hay que tener cara para venir aquí.

—No espera respuesta—. Usted sí que tiene la cara de piedra. ¿No leyó la carta?

—Quería presentar mis respetos.

—¿Ah, sí? Entonces váyase a su casa. —Señala el portón del cementerio—. Asesino.

Nigel y Kendal hacen todo lo que pueden para no mirarme. La rubia oxigenada se aleja. Nigel murmura algo: esencialmente, objeta la palabra *asesino.*

—Supongo que era la novia, ¿no? ¿La enfermera especializada en salud sexual y reproductiva?

—Nigel. Basta.

Hay una mano en mi espalda, que pertenece a Kendal. No quiero seguir dando vueltas. Camino hacia el portón, exactamente como me indicaron. Kendal me sigue, pero yo no quiero hablar de nada. Ignoro al pastor protestante parado junto al portón que ofrece otro folleto. La lluvia continúa cayendo. Me desabotono la chaqueta y me la coloco sobre la cabeza.

—Vamos, Miles —es todo lo que se le ocurre decir. Me sigue, dando por sentado que en algún momento me detendré—. Sólo está molesta. Las emociones son crudas. —Me pone la mano en el hombro y yo la quito con toda amabilidad—. ¿Estás bien?

—Sólo quiero caminar.

Sigo caminando, hasta que Kendal ya no se toma la molestia de seguirme. Darren emerge de la camioneta blanca. Finjo no darme cuenta.

—Señor Miles… ¿Miles? ¿Señor Platting?

Continúo andando. Me debo a mí mismo continuar caminando. Camino por el sector de Stella Artois donde esponsoreamos todo. La calle principal lleva el nombre de una cadena de panaderías y la plaza pública la de una empresa de software. La universidad local está patrocinada por un triunvirato de bancos. El vecindario sigue venido a menos, pero con más logos en los edificios. Todo tiene el nombre de algo. Los de la compañía de software son renuentes a quedar asociados con la negligencia, así que contribuyen con los costos de un nuevo espacio público. Las cafeterías recaudan dinero para reemplazar las baldosas de las veredas. Todos quieren convertir la ciudad en un lugar deseable para vivir, lo que mejorará la experiencia de los visitantes y aumentará el valor de la marca.

Probablemente sea estúpido caminar sin tener a Darren a la zaga. Sólo se me ocurre que estoy haciendo una estupidez en el preciso momento en que noto la cantidad de borrachos que están peleando, golpeando los capots de los autos y gritando en la calle. Si odian a los perfectamente razonables miembros de la comunidad, es difícil imaginar lo que podrían sentir hacia mí. Está oscureciendo, y en cierto sentido la oscuridad me protege. La lluvia me preocupa más que el frío: hace que quiera caminar más rápido. Camino lo bastante rápido como para no tener que responderle al hombre que ha comenzado a gritar en mi dirección. Bajo la cabeza y sigo andando, a pesar del viento y la lluvia. Sigo caminando hasta que ya no puedo escuchar sus gritos. Cruzo la frontera metálica que separa el mundo real de mi reino de cuento de hadas, donde no está permitido que ocurra nada malo. Encuentro consuelo en las casas enormes y separadas entre sí, en las calles innecesariamente anchas. Me gusta que haya cámaras ocultas en los postes de los faroles y guardias de seguridad patrullando permanentemente. Quiero entrar y ponerme el piyama. Quiero servirle la cena a Ptolomea, un acto deprimente, aunque esté teñido de bondad. Quiero cerrar las ventanas, trabar las puertas internas y poner la alarma. El alambre de púas y la pintura que impide trepar las paredes se ocuparán del resto. Quiero reírme con algo de la televisión. Si un solitario se ríe en su living y nadie lo oye, ¿hace un sonido? Tengo mi propio interrogante filosófico. Frente a mí veo las luces de una camioneta. Aminoro el paso. Hay alguien parado en el camino, pero es difícil de ver bajo el paraguas. Se ve la lluvia burbujeando en el haz de luz del farol.

—Vamos, Dickens. Te llevaremos a tu casa.

Kendal levanta el paraguas y me escuda de la lluvia. Por algún motivo, está perfectamente seca. Extiende el brazo para que yo pueda tomarlo. Me acompaña por el camino, donde los últimos fragmentos de una cerca de madera blanca preludian la mezcladora de cemento y la cortadora de metal. Mantiene el paraguas derecho. No estamos solos. Darren está al volante de la camioneta, que nos sigue unos metros más atrás. En el portón del complejo, Kendal me tiende su mano enguantada.

—¿Estás bien?

—Estoy bien.

Todos estamos bien. Hacemos contacto visual, y ambos parecemos decidir que es demasiado. Es demasiado mirarnos a los ojos. Así que dejamos de hacerlo. Y nos damos las buenas noches.

7. Antonio y Cleopatra

Si alguna vez tengo una crisis nerviosa, será en la tienda de mascotas. Es allí donde caeré al suelo y llamaré a Darren. Es difícil andar por ahí sin entorpecer el paso de alguien. Todo está amontonado como en un ático patas arriba. Es un mundo de jaulas de hámsteres apiladas y aburridos peces dorados. Hay un olor, que atribuyo a las jaulas de los hámsteres: olor a aserrín. Las lagartijas disfrutan de la vida bajo un foco de luz. Hay un perro en un canasto, pero no está a la venta. El loro hace escándalo por algo. Cada cosa goza de un cierto respeto. Hay jaulas donde los jerbos pueden correr, aunque con pocas posibilidades de escapar. Kendal jamás ha pisado la tienda de mascotas. La consideró una evidencia de mi decadencia. Piensa que Ptolomea debería ser como un proyecto paralelo, no el *summum*.

Darren ayuda a acomodar las bolsas de alimento para gatos sobre el mostrador. El hombre del mostrador me reconoce como el tipo que compra las mismas bolsas de alimento para gatos todos los meses. Es un hombre alto y flaco cuyas camisetas celebran bandas que ya no le gustan a nadie: Aerosmith, Meat Loaf. Tiene el pelo largo y despeinado, con una tonsura calva que refleja la luz. Es difícil imaginarlo en cualquier otro contexto. Está hecho a medida para la tienda de mascotas. Me pregunta por mi gata. Comento que el gato atigrado del vecino hostiga a Ptolomea.

—Ponga varios vasos con agua afuera. A los gatos no les gusta el agua. —Habla de animales como un mecánico hablaría de un auto defectuoso: tiene más interés en el proceso de mantener al animal en funcionamiento—. ¿Ya adquirió su seguro para gatos?

—No.

—Bien. Es tirar el dinero.

El espectro de nuestras conversaciones es limitado, y no me siento responsable por eso. Todavía no hemos llegado al acuerdo de que es mejor no decir nada. Pone todo dentro de una bolsa, muy lentamente. El silencio es mi oportunidad de hablar de asuntos no mecánicos, cosa que podría inducirlo a apresurarse un poco.

—La semana que viene iré a Barrow-in-Furness.

—Chicken's popular/La capital de las chicas fáciles.

Asiento.

—Vamos a rebautizarla Birdseye-in-Furness.

Parece perdido. Le doy dinero a cambio del alimento para gatos. Darren está parado en un rincón, mirando un acuario de peces dorados. Está obstaculizando el paso de los clientes. Recibo una bolsa por vez y llamo a Darren, mi asistente de compras personal. Golpeamos una jaula de pájaros al salir. No me gusta venir a la tienda de mascotas. Definitivamente, es el lugar donde tendré una crisis nerviosa.

★ ★ ★ ★ ★

La Universidad de Stella Artois se fundó después de la fusión del Campus Universitario de Milton Keynes y la Universidad de Bedfordshire. No tiene las credenciales de una Cambridge o una Nickelodeon, para el caso, pero funciona sobre la base de una enorme área de influencia, que va desde Swindon hasta Powerade. Atrae a una variedad de estudiantes: desde triunfadores natos predestinados a la universidad hasta los que deben aprender las habilidades funcionales básicas. Para ponerla a tono con el resto de Stella Artois, el vicerrector y los directores de los departamentos decidieron modificar su nombre de acuerdo con los derechos de denominación de la ciudad. No tenían ninguna obligación legal de hacerlo. Fue una decisión que tomaron por razones prácticas. Por ejemplo, ¿cómo publicitar la institución bajo el nombre de Universidad de Milton Keynes cuando la ciudad misma ha sido redenominada? Hay un efecto dominó, por otra parte deliberado e ingenioso. Cuando una ciudad es redenominada, la universidad, las escuelas y las bibliotecas se ven obligadas a unirse a la revolución. Así funcionan las cosas. Golpeo a la puerta con la esperanza de que Kendal venga a abrir. No me gusta visitar la sala de profesores. Sé que me desprecian por haber abandonado la profesión. Miles Platting, exprofesor, traidor al mundo de la educación, hacedor de dinero y destructor de mundos. Piensan que mi vida es más glamorosa de lo que en realidad es. Sé por Kendal que preguntan cómo marcha Lingua Franca, pero siempre con un dejo de amargura y nunca con la sincera esperanza de que me vaya bien. Imaginan un mundo de prebendas —tragos gratis en los bares, autos con chofer— y se sienten más insatisfechos consigo mismos. Abro la puerta y me encuentro con una hilera de semisonrisas gélidas. Alguien dice: "Te ves bien, Miles". Tienden a tolerar mi existencia debido a mi relación con Kendal. A Kendal sólo le simpatizan los profesores de Literatura Inglesa, que ocupan los escritorios más alejados de la entrada. Tienen pasión por los libros y por emborracharse. Kendal no disimula su desprecio por el resto. Dice que los más viejos son unos *charlatanes*, y está convencida de que algunos son predadores sexuales, si sólo tuviera pruebas. Llegaron a una edad en la que ya no les gusta debatir acerca de nada; ellos siempre tienen razón en todo, y será mejor acostumbrarse. Se las ingenian para evitar que los despidan debido a su conocimiento superior sobre el trabajo de los inspectores de educación. Uno de ellos —el jabalí verrugoso que enseña Historia— me ofrece sus condolencias por la muerte de Eden. Asiento y murmuro que son días tristes para Lingua Franca. Kendal sale de la cocina. Huele a té de frutilla. Saco una botella de vino de la bolsa de plástico azul.

—Quizá prefieras enfriarlo un poco.

Kendal dice *gracias* y mete la botella en el frigobar. Busco en la bolsa la pipeta antipulgas de Ptolomea. "Póngale una gota entre las orejas." "Entre las orejas. Entendido." "Una sola gota."

Una de las mujeres más amables pregunta por Ptolomea.

—Es buena. Pero pelea con el gato del vecino.

—Oh, no.

Asiento. Kendal me mira como si creyera que estoy enfermo.

—Pero, salvo por eso, es buena.

La profesora amistosa comenta que pone botellas de agua en su jardín para disuadir a los gatos intrusos.

—A los gatos no les gusta el agua.

—Claro que no.

Los otros profesores giran sus sillas, dispuestos a intervenir. Alguien habla de su perro. El diálogo desciende a una conversación sobre animales. Kendal frunce el ceño y me tira de la manga.

—¿Tienes media hora?

—¿Por qué?

—Tengo que ir a dar la clase de Lengua ya mismo.

Me pasa un documento engrampado que dice:

¿Qué hay en un nombre? ¿Julieta está en lo cierto cuando dice que eso a lo que llamamos rosa, con cualquier otro nombre, conservaría su dulce aroma?

Hay una lista de preguntas para que los estudiantes respondan.

—¿Cómo te ves en el rol de disertante invitado?

—Hoy no.

—Los ayudará con sus tareas.

De pronto, los profesores demuestran que poseen cuerdas vocales.

—¡Vamos, Miles! —dicen—. ¡Te va a encantar!

Miro a Kendal, que agita las pestañas como si fuera un dibujo animado.

—¿Por favor, por favor? Le llevaré un regalo a Ptolomea. Nos miran como si fuéramos lo más excitante que han visto en sus vidas.

—De acuerdo. —Extiendo el brazo para que Kendal me guíe—. Le vendría bien un poco de hierba gatera.

★ ★ ★ ★ ★

La universidad parece más un aeropuerto, revestida de metal y vidrio a prueba de incendios. Parece haber sido diseñada pensando que alguien debe ser disuadido; alguien que está desesperado por convertirla en cenizas. Camino al aula, Kendal describe en detalle una cantidad de cosas que debemos hacer, lo cual me lleva a preguntarme si no tendría que haberme evitado esta molestia. Necesitamos un pase de invitado y necesitamos fotocopiar algunas páginas extras. En el camino, Kendal parece haber desarrollado una habilidad instintiva para detectar a los estudiantes que no llevan sus identificaciones colgadas del cuello. Parece obsesionada con identificar malas conductas: ruido y vagancia, en particular. Eso frustra mi expectativa de que su trabajo se limita a las horas de clase. En realidad, nunca para de trabajar.

—¿Dónde está tu identificación? —le pregunta a un estudiante, que se la coloca con renuencia. Parece tan anti-Kendal: ese infundado respeto por la autoridad—. Si no la usan, todo se desmorona —explica—. Una escuela es como un órgano. Si el órgano falla, el cuerpo no puede funcionar. —Advierte mi sorpresa. Dice—: Tú eres como el colon, Miles. Estás lleno de mierda.

Le doy un suave empujón. Vamos hasta la ventanilla y firmamos un formulario, que me permite obtener un pase de invitado. Me lo pongo enseguida, para que no me reprenda.

Sigo a Kendal hasta el aula. Aquí están: una clase compuesta por chicos de dieciocho años, con sus camisetas con eslóganes y sus camperas con capucha. Lo primero que me llama la atención es que un par de chicos se miran y tienen que disimular la risa. Realmente no sé qué les parece tan gracioso. Podría ser mi cabello, que incluso en sus mejores días tiene algo de profesor loco. Podría ser mi barba sin afeitar, sin retocar, despareja. Cuando salí de mi casa no sabía que tendría que dar clase a un grupo de adolescentes. Hay evidencia irrefutable de que Kendal es una docente popular. Se ve por la manera en que la saludan los alumnos. Empieza hablando de una tarea previa, y dice que la clase tendría que concentrarse más. Lamenta que la mitad de los alumnos no sepan qué es una elipsis. Introduce el tema de la próxima tarea: analizar el significado del lenguaje y su importancia. Dice que está encantada de recibir a un invitado singular, un especialista en lenguaje, así lo define cortésmente.

—Esta tarde, mi oponente es Miles Platting, fundador de la agencia de derechos de denominación Lingua Franca.

Es un debate importante, dice. Estamos aquí para discutir sobre el lenguaje y su relación con los seres humanos. No es ningún chiste. Participaré en un torneo.

—Miles defenderá el caso del esponsoreo y la redenominación de las ciudades como una influencia positiva. Para quienes no lo saben, Lingua Franca se dedica a redenominar todas las ciudades y los pueblos del Reino Unido: cambia el nombre original por el de un espónsor corporativo. Estoy segura de que todos recordarán cuando Loughborough recibió el nombre de Listerine, o cuando Stoke-on-Trent pasó a llamarse Virgin Media. Entonces, por favor, démosle una cálida bienvenida a Stella Artois al señor Miles Platting.

Los alumnos aplauden; algunos de manera excesiva, irónica.

—Gracias, Kendal. Gracias a todos.

Dedico unos minutos a agradecer a la universidad, sobre todo para poder pensar lo que voy a decir.

—Sesenta segundos —dice Kendal, y apoya un reloj de arena cabeza abajo sobre la mesa—. Por favor, dinos tu primer postulado.

Sonrío por obligación. Decido salir adelante.

—El lenguaje es un objeto de estudio fascinante, por supuesto. Lo que reconocemos en nuestra compañía es que el lenguaje puede conectar con el público de maneras que pocas otras cosas pueden hacerlo.

—Y ganar muchísimo dinero —intercala Kendal, provocando la risa general.

—Sí, eso también. Pero todos ganamos dinero. A veces de maneras más legítimas que otras. La premisa de nuestra empresa es perfectamente legal, y es la siguiente: ¿es correcto que el activo más grande de una ciudad, su nombre, tenga prohibido trabajar en beneficio de los intereses de su gente? —Comento que dentro de unos días visitaré Barrow-in-Furness—. Los habitantes de Barrow quieren empleo, inversiones, dignidad, autoestima… Les gusta la tradición, ¿pero para qué sirve la tradición si no tienes dinero en el bolsillo, si no tienes un plato de comida sobre la mesa?

—No es un paradigma que yo reconozca —interviene Kendal—. Treinta segundos.

—Cada año mueren veinticinco lenguas. Eso equivale a doscientas cincuenta lenguas muertas por década. —Apunto a Kendal con el dedo—. Tu manera de hacer las cosas (no hacer nada) ya está dando por resultado pérdidas lamentables cada año. En Lingua Franca creemos en gerenciar la lengua, en ejercer nuestra voluntad sobre ella y, al hacerlo, revitalizar las ciudades para las generaciones futuras. —Casi olvido que estamos debatiendo frente a los alumnos. Tengo la sensación de estar discutiendo en el living de mi casa. No puedo irme hecho una furia. Abandono del deber, y esas cosas—. En suma, damas y caballeros, nos reservamos el derecho de dar a una ciudad, previo consentimiento, el nombre que se nos ocurra. —Aparentemente los perturbo. Soy peligroso. Soy radiactivo—. El lenguaje debe trabajar para nosotros. Somos sus amos, no sus esclavos.

—¡Basta! —Kendal levanta el reloj de arena y vuelve a ponerlo cabeza abajo. Me mira como si ella estuviera llevando a cabo un contrainterrogatorio—. Lamento que mi oponente tenga a la lengua inglesa en tan baja estima, pero repasemos un poco los hechos. —Empieza a caminar delante de mí—. ¿Por qué nos comunicamos? ¿Por qué usamos palabras? ¿Por qué no nos limitamos a gruñir? —Algunos se ríen—. Se los pregunto en serio. —Hace silencio para permitirles pensar—. El lenguaje es autoexpresión. Es comunicar información. Es poesía. Pero también es quienes somos, nuestra historia, nuestro hogar… ¡nuestra sensación de estar vivos! —Todos escuchan y asienten en los momentos apropiados. En el fondo de su corazón, Kendal es una de ellos. Odia a la autoridad y ama a la gente—. El nombre de tu ciudad significa algo. Es casi sagrado.

—Treinta segundos —masculло.

—La semana próxima mi oponente visitará una bella ciudad, Barrow-in-Furness. Una ciudad construida gracias a la industria y el trabajo duro. De un plumazo, Miles deshará cientos de años de historia y dejará una comunidad unos cientos de miles más rica. Pero de espíritu serán mucho, pero mucho más pobres. ¡Yo no quiero vivir en un mundo así! No quiero vivir dentro de un suavizante para ropa. —Se ríen, y ella bebe un sorbo de té de frutilla—. Entonces, ¿qué hay en un nombre? —Señala la pizarra blanca—. ¿Eso a lo que llamamos rosa, con cualquier otro nombre, conservaría su dulce aroma? —Esta es la parte del trabajo que más disfruta. Kendal lo analiza todo. Podría deconstruir el sentido de un tazón repleto de copos de maíz. Le han dado carta blanca para dictar un curso a su propia e indómita manera. Estudian la evolución del lenguaje, cómo se construye la lengua, el discurso contemporáneo, la fonética, y cómo se conecta el lenguaje con el pensamiento y el significado—. Dejaré la decisión en manos de ustedes. Pero espero que al menos los que tengan discernimiento entiendan que el lenguaje es precioso y corre un gran riesgo al existir personas como Miles Platting.

—Basta. —El reloj de arena ha concluido su ciclo.

Kendal empuja la silla y se sienta sobre la mesa, para estar más cerca de los estudiantes. Agita la mano en mi dirección.

—El salón de clase es tuyo.

Aprovecho la oportunidad para recorrerlo a grandes zancadas. Comienzo mi propio contrainterrogatorio.

—Concuerdo en que el lenguaje importa, y mucho; pero el progreso también es importante. —Es una buena manera de empezar—. El progreso no es sólo libertad de expresión. Hay cientos de ciudades en este país donde las personas pueden decir lo que se les antoja, ¿pero qué clase de voz tienen en realidad? —Parece que, casi por accidente, dije algo que vale la pena escuchar. Los estudiantes hacen silencio por primera vez—. Y esto conlleva un aspecto moral. —Alzo un dedo moral—. ¿Ustedes quieren servicios locales? ¿Que la comunidad reciba los cuidados que le corresponden? ¿Quieren que pasen a recoger la basura por su calle? Bibliotecas. Atención médica. Cuidado infantil. Esas son las cosas que importan. Y lamentablemente no son gratuitas. —El silencio me estimula a continuar. Se abrió un claro en el bosque. Estoy a punto de meter un gol, sólo me resta vencer al arquero—. ¿Quieren vivir en una ciudad triste, sucia y en bancarrota sólo para poder aferrarse a una vieja idea romántica? ¿O quieren vivir en una ciudad próspera, vibrante, divertida? ¡Wifi para todo el mundo! Como dije antes, nosotros somos los dueños de la lengua. La lengua no es nuestro amo. Y los derechos de denominación no son ninguna novedad. No estamos haciendo nada distinto de lo que hicieron los romanos cuando a la actual Londres la llamaron Londinium.

Parecen… embotados. Nadie sabe qué decir. No porque estén en desacuerdo. Sólo porque algunas cosas son demasiado horribles como para estar de acuerdo con ellas.

—Basura —dice Kendal.

—¿Te parece?

—¡Sí!

Parte de la clase también grita "sí". Es su única salida. Una razón para creer que la vida es algo más que lo que dice ese cínico de Miles Platting. Kendal les ofrece un sueño. Si pudieras vender *eso*, serías más rico que Burger King.

—¿Por qué tendríamos que rebautizar nuestras ciudades con nombres de galletitas o jabón en polvo?

—Si te pagara una suma importante, ¿cambiarías tu nombre?

—No.

—Bien, digamos que te ofrezco un millón en efectivo para que adoptes el nombre de una galletita. ¿Lo harías?

—Ya tengo nombre.

—Sí, pero ahora empiezo a llamarte Oreo y todos tienen que llamarte por ese nombre. Obtienes un millón en efectivo a cambio. ¿De verdad me dices que lo rechazarías?

—Puedes llamarme Nabisco, si quieres. Y nosotros te llamaremos *nabo*.

Es la frase clave. El cross a la mandíbula. Causa daño, y puedo sentirlo. Se ríen fuerte. Se ríen porque tienen que hacerlo. Sonrío para mitigar el golpe, y mi sonrisa les muestra que estoy de su lado. No me opongo a la risa. Intento recuperar el control.

—Siempre y cuando podamos comunicarnos, y escribir como se nos antoje, ¿qué tiene de malo llamar a una ciudad como una fábrica de galletitas?

—Se trata de la corrupción del lenguaje. Hemos transformado nuestro lenguaje en una *commodity*.

—¿Cómo esperan que paguen sus cuentas las alcaldías?

—Como el resto de los mortales.

—No estamos vendiendo veneno. Dense una vuelta por Jacob's Creek. Visiten Hyundai. Observen la diferencia que hemos hecho.

—¿Los habitantes de Hyundai quieren criarse en un automóvil?

—Es mejor que vivir en un pueblo fantasma.

—Esa es una opción falsa.

—No, no lo es. Ustedes quieren castigarlos. Quieren sacarles la alfombra que pisan sus pies.

—Y ustedes quieren llamar *Sports Direct* a la alfombra.

Kendal parece contenta con la frase. Todas las risas están de su parte. Habla en *riffs*: pequeños epigramas que se graban en la mente. Este debate, más que nada, se ha transformado en un paso de comedia. Kendal sonríe. Se ha ganado el derecho a sonreír.

—Tú piensas que no hay nada sagrado —me dice—. Piensas que todo puede ser embotellado y empaquetado y convertido en producto. No respetas la experiencia humana. A todo le echas un balde de agua fría. Lo único que sabes hacer es transformar las esperanzas y los sueños de la gente en ganancias. ¡Conoces el precio de todo, pero no conoces el valor de nada!

El aplauso es tan estruendoso que mi único recurso es levantar la voz.

—Eso no es verdad.

Son adictos al aplauso. Son capaces de aplaudir casi cualquier cosa, siempre y cuando contenga un floreo retórico y rebelde. Son jóvenes focas aplaudidoras. El halo de buena voluntad que envuelve a Kendal se intensifica. Y ella no hace el menor intento de disiparlo. Aunque no dijera nada más, daría lo mismo. Ya optaron. Eligen la virtud sobre el vicio. Que otros se hagan cargo de las decisiones difíciles. Lo importante es que se sienten bien consigo mismos. Parece que llegamos al final. Tendría que sonar una bocina. Algunos estudiantes se ponen de pie y aplauden. Si estuvieran mirando una pelea de box, pedirían que sonara la campana. Es difícil alterar el rumbo de la situación. Kendal me mira y se encoge de hombros como diciendo *¿vamos redondeando?* Todo debe llegar a su fin. Me tiende la mano; nos damos un apretón. Kendal mira a los estudiantes y les pregunta qué piensan.

—Levanten la mano los que están de acuerdo conmigo. —Casi todas las manos se levantan unánimes... incluso se apresuran para ver quién la levanta primero—. ¿Y quiénes están de acuerdo con Miles?

Miro al público. ¿Cuántas manos tengo? Una... dos... tres... No tengo muchas manos.

8. Caramelo pegajoso

Abro el portón y veo el árbol-problema, con su colonia de hongos en aumento. Pienso si convendría hacer un chiste sobre ser "más aburrido que un hongo". Decido que no. La carretilla desapareció, fue reemplazada por un carrito de supermercado vacío. Espero que Kendal haya hecho una incursión de último momento y conseguido rollos de higo y galletas de agua. Dijo que no trajera nada: primera ronda de manipulación psicológica. Dijo que no cocinara, y que por supuesto no trajera flores. Si mi intención era hacer algo útil, podía interiorizarme un poco sobre los otros invitados: la peor tarea de todas. Mi participación implica hacer acto de presencia y contar todos los chistes. A falta de música o de un cartelito en la puerta, por un momento temo haberme equivocado de día. Se ve luz en el pasillo. Alzo la mano y golpeo tres veces. Kendal baja la escalera y se mira en el espejo. Apenas abre la puerta principal, advierto que la noche será larga. Lleva puesto un bonete de fiesta y dice mi nombre con excesivo e insincero entusiasmo. Eso indica que ya llegaron todos y que están escuchando. Entro al vestíbulo y recién saco el ramo de rosas rosadas de mi maletín cuando veo a los invitados. Kendal se ve obligada a sonreír y reconocer que tuve un gesto generoso. Pobrecita Kendal: acaba de perder la primera ronda de manipulación psicológica. Yo sonrío, y ella sabe por qué. Atraigo la atención de la concurrencia. Como ya he sido presentado a las amigas profesoras de Kendal, no creo que se sientan terriblemente abrumadas por tener que interactuar con la especie masculina (y probablemente sea mejor así). Una de las mujeres se levanta del *puff* y se inclina para darme un beso en la mejilla; al hacerlo, se las ingenia para no derramar el vino de la copa que sostiene en la mano.

—¿Cómo pronuncias *tortoise*? —dice.

—¿Perdón?

—Espera, espera, espera. Puedo darte una pista. ¿Cómo pronuncias... ya sabes, ese animal con caparazón: como una tortuga acuática? —Hace el gesto de zambullirse y nadar. Todavía no me dijo "hola".

—*Tortoise.*

—¡Sí! —festeja alguien.

—Ninguna de nosotras puede pronunciarla.

Hacen la rutina del "lo siento, lo siento" y proceden a presentarse una vez más. Son profesoras pero esta noche tienen permiso para divertirse: quieren resaltar este punto. Olvido sus nombres casi al instante. Kendal me pasa una copa de espumante. Golpean dos veces a la puerta y entra un hombre. Su cabello oscuro empieza a ralear y su llegada provoca una animación similar a la que suscitó la mía, sólo que más chillona y quizá más falsa. Kendal me señala al recién llegado, lo que lleva a un apretón de manos y una especie de "hola, amigo".

—Miles dirige una compañía llamada Lingua Franca, una agencia de derechos de denominación.

—Qué bien.

De inmediato me siento compelido a justificarme. Procedo a explicar el propósito que subyace a Lingua Franca, y nuestra intención de redenominar todas las ciudades de Gran Bretaña con los nombres de espónsores corporativos. Comento que mañana iremos a visitar Barrow-in-Furness para otorgarle formalmente su nuevo nombre: Birdseye-in-Furness.

—Iré a visitarte —dice Kendal. Es la primera noticia que tengo—. Quiero ver cómo funciona.

La manipulación psicológica continúa.

Desde la otra punta de la sala llega un clamor repentino: "Sí, ¿cómo funciona?". Me piden que explique el proceso —el corte de la cinta, el cambio de carteles, la reconfiguración de los mapas— y, aunque escuchan mis palabras, me doy cuenta de que no entienden absolutamente nada. Su respuesta es decir "bien" para mostrar que prestan atención sin compartir nada de lo que digo. Esperan que algún fragmento de información les resulte problemático para decidir el momento preciso de entrecerrar los ojos con suspicacia.

El cerebro del recién llegado entra en sintonía con el resto de los presentes... lo cual no significa un gran esfuerzo.

—Ah, sí, ya escuché hablar sobre eso.

Habrá leído acerca de nosotros en el periódico gratuito que reparten en el tren. Los diarios importantes también escribieron sobre nosotros —casi siempre artículos negativos—, pero el principal motivo de interés de los medios es el hecho de que somos un artilugio. No es difícil encontrar características cuando uno se imagina qué tipo de marcas estrafalarias podrían reemplazar los nombres de clásicas ciudades y pueblos británicos. Cuando empezamos, la gente en general nos observaba con cierta curiosidad. Estábamos presentando una nueva idea —o al menos la prolongación de una vieja idea— y a la gente le gusta la novedad, sin importar lo que implique.

—Miles está enojado conmigo porque lo hice quedar mal delante de mis alumnos.

Kendal sale del living: sólo quiso plantar la semilla.

—¿Cómo fue que lo hiciste quedar mal? —dice una de las mujeres.

—Lo de siempre. Habló de mi empresa, de mi compromiso con el mal...

Se ríen porque se supone que deben hacerlo. Necesito una distracción. Huele a caldo de pollo. Comento el gran trabajo que hizo Kendal como anfitriona. Kendal le grita a alguien que ponga música. Dice algo más, pero nadie sabe qué: esto deviene en una fuente de diversión pasajera a falta de otra cosa que nos haga reír. Otra vez golpean a la puerta: otro varón. La triple cita se concreta. Todo vuelve a empezar, el falso entusiasmo y los apretones de manos. Termino repitiendo mi historia sobre cómo Lingua Franca llegó a dominar nuestras vidas. Kendal entra portando una bandeja humeante con pollo relleno y cebollas asadas. Usa guantes para horno, pero lleva la bandeja como si fuera a escaldarse en cualquier momento. Todos hacen alharaca y aplauden la llegada del pollo. Nos sentamos alrededor de la mesa, dispuestos a aceptar que podríamos no entendernos del todo bien. Los ánimos se calman; todos se concentran en la comida. Ya no se ocupan de los porqués y los "por los cuales" de los derechos de denominación; ahora se consagran a las papas asadas. Kendal hace un esfuerzo para integrar al tipo que se está quedando pelado. "Recuérdame tu ocupación", dice. El tipo aprovecha la oportunidad para decir que trabaja en una oficina de protección de los derechos del consumidor. Les dice a todos qué plan de electricidad conviene comprar y detalla los méritos de cada paquete. Parece un trabajo útil, pero no da para hablar más de cinco minutos. Kendal finge interés haciendo un comentario sobre lo que cuesta calefaccionar una casa: una táctica dilatoria que nos acerca un poco más a la Tierra Prometida (la noche llegando a su fin). Hacia la mitad del primer plato, el resto de la mesa adquiere una confianza hasta entonces inédita. El alcohol tiene la culpa de todo. Aumenta el volumen de las conversaciones: como si alguien hubiera apuntado el control remoto hacia el comedor y subido el volumen. Cada vez hay más charlas y comentarios cruzados en la mesa, pero poco y nada de compromiso.

—Definitivamente, voy a tener hijos. —Kendal se sirve champagne en una copa flauta—. Cuanto más lo pienso, más me gusta el nombre Henry. Tiene un halo de nobleza.

Alguien me roza el hombro.

—Date por enterado, Miles.

Clavo el tenedor en un repollito de Bruselas. Ese gesto me da fuerza.

—Miles sería un gran padre —dice Kendal.

—No. No es verdad.

—A veces olvidas lo amable que eres. —Quiero mirar mis manos. Quiero ver si hay algo de verdad en lo que dijo. Por alguna razón, pienso que puedo encontrar la respuesta mirando mis manos—. Podríamos tener una hija —dice Kendal—. Tú podrías pagar todo. Las joyas… los zapatos…

—Suena maravilloso —dice alguien.

—El único problema es que, para eso, tendríamos que mantener relaciones sexuales.

Esto deriva en una disquisición sobre las hipotecas, el costo de la vida y otras lindezas. Todos quieren aportar su granito de arena. De pronto tienen opiniones sobre toda clase de temas. Hablan lo más alto que les da la voz; el efecto es neutralizar al que desee hablar a un volumen normal. La charla se pone tan estridente que soy el único que escucha a Kendal decir que hay más salsa de carne si alguien quiere. Hemos llegado al punto en que la mayoría parece haber olvidado de qué habla: lo único que quieren es gritar. Parece un debate político, pero no puedo concentrarme en lo que dicen. Muchas oraciones comienzan con "Sí, ¿pero cómo es posible…?". ¿Cómo es posible que no hablen inglés? ¿Cómo es posible que les permitan usar burka? Parecen conocer las respuestas a sus propias preguntas, como si la solución fuera obvia: creen en absolutos, no en términos medios ni matices. Kendal está alerta. Intenta cambiar de tema y orientar la conversación hacia el postre que está por llegar. Una de las profesoras deja entrever que algo la ha ofendido mucho.

—¿Qué quieres decir? —le dice al hombre que tiene enfrente.

—Bueno, era un chiste…

—¿Te parece gracioso?

Me levanto de la silla y empiezo a recoger los platos. Kendal se alarma.

—Yo me encargo, Miles.

—No hay problema.

—No, en serio, yo me encargo.

Intenta arrebatarme un plato de la mano. Me las ingenio para resistir. Llevo los platos a la cocina. Otra victoria. Tiro los huesos a la basura. Abro la puerta del lavaplatos. Abro la canilla y empiezo a enjuagar los platos sucios. Escucho la discusión de los otros, que empieza a calentarse. Es el lugar perfecto para escuchar. No estoy involucrado, soy un gato sentado en la cornisa.

La acusadora levanta la voz.

—No te hagas el desentendido.

—Vamos. No es para tanto. Relájate.

Nadie está con ánimo de *relajarse*. Parece que el acusado insistió con un comentario racista. Las dos parejas se alinean en bandos opuestos del debate. La triple cita se ha transformado en una guerra.

—Cuando utilizas esa palabra, ¿piensas en lo que estás diciendo?

—Pero vamos. Es sólo una palabra.

—Pero no es sólo una palabra, ¿verdad?

El acusado es terco y no conoce el arrepentimiento.

—Era una broma.

Hago correr agua caliente sobre un cuchillo. Los mensajes de texto en mi celular me distraen; Nigel me informa que saldremos a las nueve de la mañana y que los funcionarios de Barrow-in-Furness están ansiosos por darnos la bienvenida. *¿Están ricos los nabos?* es el siguiente mensaje.

No hay nabos, respondo.

Cuando termino de llenar el lavaplatos y regreso al living todos están callados. Es evidente que nadie disfruta de la experiencia de compartir la mesa. Lo único bueno es que paró el ruido. Mi estrategia es clara: no digas nada, y deja que los otros digan lo que hay que decir. Esta noche vine a defender una causa perdida, pero tengo la carta ganadora. A partir de ahora, ya no puedo perder. Estoy llevando la pelota hacia el banderín de tiro de esquina. Le estoy ganando al reloj. Podría irme. Existe una posibilidad real de que me vaya de esta casa siendo la segunda o tercera persona menos aceptada. Pero acabo de ganar un par de puntos. El acusado explica que no quiso ofender a nadie, que en realidad no estaba pensando. "No me refería a todos los musulmanes", dice. Todos concuerdan en que conviene dejar el tema. Yo estoy listo para irme a dormir, a trasmano de lo que pide el momento.

El siguiente segmento de la noche está dominado por las risas forzadas, debido a un juego que incluye pedazos de papel y un sombrero. Kendal se ríe pero no se divierte: lo sé porque conozco a Kendal. Se ríe, pero está actuando. Eso me recuerda que no somos tan diferentes. Noto que uno de los invitados mira su reloj. El racista dice que mejor llama un taxi. Fantaseo con hacer un chiste sobre llamar un taxi *negro*, pero decido que no. Pasamos la última parte de la noche escuchando al representante de los consumidores hablando de hipotecas. Por un momento me pregunto si el tema no se prestará especialmente al racismo. Kendal está pensando lo mismo. Mira su reloj. Dice que fue encantador que todos hayamos hecho el esfuerzo de venir, que tendríamos que repetirlo alguna vez. Da la impresión de querer enterrar la cara en los restos del puré.

★ ★ ★ ★ ★

—Todos en Barrow saben que estamos en el novecientos cuarenta y uno —dice Nigel—. Quieren tendernos una emboscada. Lo más seguro es que vayas en la camioneta de Darren.

—Está bien.

—Así podrás esquivar a los que tiran huevos. —Hay pilas de notas sobre el escritorio. Nigel estuvo redactando el discurso para la ceremonia de denominación—. El lema de la compañía es que estamos aquí para escuchar. Sí, entendemos que últimamente Lingua Franca tuvo mala prensa, pero eso es cosa del pasado. Queremos revitalizar a Barrow. Queremos que sea especial. No queremos que Miles Platting sea recordado como el hombre más malo de Inglaterra.

—Me ganaste por lejos.

En esta etapa de un proyecto, la oficina contigua se transforma en el punto neurálgico. Etiquetaron las cajas como si fuéramos a mudarnos. Nigel escribió palabras como *cocina, tecno* y *diversión* con marcador negro. Sobre la mesa hay un diagrama donde aparecen desplegados todos los componentes de la operación: prensa, Internet, administración, seguridad, *catering* y viaje. Hay un mapa de Barrow-in-Furness. Barrow está aproximadamente donde pensé que estaba: en algún lugar del lejano noroeste. No querría que la gente de Barrow se enterara de que necesito mirar el mapa. Si vas a obliterar una ciudad, por lo menos tendrías que saber dónde está.

—No me había dado cuenta de que estaba tan cerca de la zona de los lagos.

Nigel no está escuchando. En realidad Barrow le importa un bledo; lo que le importa es el proceso de venderla. Es lo que llaman un hombre de empresa. Seguirá aquí mucho más tiempo que los calefactores para exterior que alquilamos.

Del otro lado de la mampara de vidrio, la oficina mantiene su lento y apagado ritmo pos-Eden. Todos están contentos de haber vuelto a trabajar, pero quizá no están tan motivados. Algunos ya se han puesto las chaquetas anticipando la hora de salida. El equipo de ventas sigue concentrado; son los reservistas, los que indudablemente van a rascarse las bolas en cuanto nos vayamos. Afuera, un grupo de obreros instala una red de malla que abarcará el marco completo de la ventana. Da la impresión de que, si alguien quisiera matarse, tendría que pensarlo dos veces. Nigel me extiende una hoja de papel.

—Este es el discurso. Apréndelo de memoria.

Revuelve los contenidos de su cajón; pregunta si vi los comprobantes de compra de los boletos de tren. Después murmura algo sobre la ropa de cama. Este es uno de esos momentos en que Nigel necesita estar solo. Me alejo para que pueda proseguir con su manía de perder la cabeza. Volveremos a encontrarnos en Birdseye-in-Furness.

Le pido a Darren que vaya a buscarme al estacionamiento subterráneo. Cargamos en la camioneta papelería, almohadas y varias partes de equipamiento que Nigel no puede llevar en el tren. Darren acomoda prolijamente el botiquín médico junto a las latas y los alimentos no perecederos. Cierra automáticamente las puertas de la camioneta. Caminamos unos metros para que yo compre cigarrillos. Me siento como un político que deambula con su guardaespaldas del servicio secreto.

Alguien baja de un vehículo y apunta una cámara hacia mí.

—¿No te sientes ni un poco mal, Miles? —Dibuja círculos alrededor de nosotros mientras toma fotos. Nosotros seguimos caminando—. ¿Qué dice sobre tu empresa el hecho de que un miembro del personal haya decidido matarse?

—Hemos colocado redes.

Entramos al puesto de diarios y revistas. Darren se para en la puerta y le bloquea el paso al fotógrafo.

—Es un país libre —dice el fotógrafo.

—¿Y qué? —dice Darren—. ¿Y qué?

Pido un Marlboro Lights desde el otro lado del mostrador. El vendedor observa el entredicho e intenta leer mi cara, como si yo fuera el señuelo. Mi cara no le dice nada. El vendedor se relaja. Recibo los cigarrillos y el vuelto. Tiendo a fumar cuando estoy aburrido y lejos de casa. Darren despeja el camino para permitirme salir. Mira a su enemigo, que retrocede de mala gana, atrapado entre la necesidad de tomar una foto y la necesidad de sobrevivir. Hay un nuevo fogonazo del flash, que Darren objeta.

Forcejean durante unos segundos. Darren aferra al fotógrafo por el cuello de la campera y lo levanta en vilo. Por primera vez asoma el miedo en los ojos del fotógrafo. Darren lo carga unos pasos y lo deposita en un tacho cilíndrico de metal. Después le da un empujoncito al tacho. Me mira para comprobar si ha obrado bien. Asiento. Cruzamos el portón de seguridad mostrándole nuestros pases al guardia. Le agradezco a Darren por su colaboración durante la tarde.

—¿Se encuentra bien, señor? —Darren me llama "señor" cuando quiere subrayar su lealtad—. Ese tipo no tendría que decir semejantes boludeces, ¿no cree?

—No tendría.

Me abrocho el cinturón de seguridad. Me pongo cómodo y le digo a Darren que arranquemos. Arrancamos. Nos dirigimos al norte, dejamos atrás las ciudades que hemos privatizado y otras que permanecen intactas. Pasamos por AXA y Red Bull, Deutsche Bank y Liverpool (imposible hacer algo con Liverpool). Las carreteras de Gran Bretaña son nuestro lienzo. Uno siempre puede apagar la radio o cambiar el canal de televisión, pero no puede ignorar los carteles camineros cuando necesita saber adónde va. Es necesario saber que faltan cinco millas hasta Talk Talk y veintitrés hasta Sunny Delight. Hay un accidente de tránsito en las afueras de Monster. En la estación de servicio de Procter & Gamble me siento lo suficientemente seguro y confiado como para ir solo al baño. Si alguien se atreviera a matarme en este entorno, habría que felicitarlo por su arrojo. Nos quedamos atascados en el camino. Cuando dejamos atrás Waterstones, parece que superamos lo peor del tráfico. Cierro los ojos con la certeza de que Darren me llevará a Barrow. Pienso en Ptolomea y pienso si Kendal se acordará de alimentarla. Pienso en Kendal.

Somos la vanguardia, nuestro bravo batallón, avanzamos en nuestros Toyota Prius y nuestros vagones de tren de primera clase. Somos Lingua Franca y ahí vamos. Vinieron, comieron quinoa, vencieron. Nuestro único temor es no tener wifi.

★ ★ ★ ★ ★

Parece que he acumulado una gran cantidad de obsequios mientras escribo. En mi mesa de luz hay una barra de chocolate con un cartelito que dice *Miles*. A mi izquierda, un frigobar con varias botellas de agua mineral helada. La enfermera me observa, alertada por el hecho de que ya no escribo. Saca rápidamente una lapicera del bolsillo.

¡Lo está haciendo muy bien!

Junta las páginas y las guarda en una carpeta. Para ser alguien que dice amar mi historia, no demuestra demasiado interés en leerla.

Me incorporo hasta quedar sentado en la cama.

—¿Puedo irme ahora?

Ella frunce el ceño y se cruza de brazos, una actriz haciendo una pésima representación de una persona enojada.

—En serio, ¿puedo irme?

Sacude la cabeza como si yo hubiera defraudado a mi familia, a mi país, a mi planeta… Me arrebata la barra de chocolate y se la da a otro paciente. Cuando por fin se va, pienso muy concienzudamente en lo que hice mal. El único problema es que no estoy por completo seguro de haber hecho nada mal.

9. Todos los caminos llevan a Birdseye

El Ayuntamiento de Barrow-in-Furness tiene una gran torre con reloj y una fachada gótica de piedra arenisca. Los habitantes acuden para celebrar los acontecimientos importantes, que no ocurren con tanta frecuencia como deberían. En el telón de fondo, iluminado, aparece el logo de Birdseye junto al tradicional escudo de armas de Barrow. El texto dice:

> *Les presentamos el nuevo socio de Barrow en derechos de denominación.*

Es hipócrita, por supuesto, presentar el acuerdo como una sociedad. La idea es que Birdseye reemplace a Barrow lo más pronto posible. Lo importante en este caso es simular que tenemos una participación activa en la vida de la ciudad. Somos inseparables de la mampostería gótica y la torre del reloj. *Somos* Barrow. La esencia de nuestro discurso no cambia demasiado de una ciudad a otra. Ponemos más énfasis en esto o aquello, según la delicadeza del momento, pero el formato se mantiene idéntico. Los funcionarios públicos nos tratan como a una banda de rock y la gente nos detesta. Es indudable que muchos en la multitud no están pensando en el acontecimiento propiamente dicho. Lo que los atrae es pasar un día divertido al aire libre; la gente se reúne, y eso siempre es mejor que emborracharse a solas en sus casas. Sobre un costado del escenario están los trompetistas y los redoblantes del ejército local. Su presencia es importante: al público no le gusta abuchear cuando hay soldados cerca. Si los militares apoyan lo que hacemos —o al menos cumplen su deber cívico de no tener nada que decir sobre nada—, no podrán derrotarnos. Los embajadores de la marca —un atleta local y un delincuente juvenil reformado— están acompañados por empleados de la Oficina de Correos que tendrán el deber de borrar el nombre Barrow-in-Furness de su Guía de Direcciones y Códigos Postales. Los redoblantes y trompetistas entretienen a la multitud con una versión de una canción cúmbrica que aparentemente nadie conoce. Hay palomas que esperan ser liberadas. Todavía no llueve, sin embargo. Parece inconcebible que nuestro lanzamiento pueda tener lugar sin lluvia.

Después se lleva a cabo la ceremonia formal de denominación, en cuyo transcurso los dignatarios, por estricto turno, van perdiendo la atención del público. El alcalde, con su atuendo estilo sacerdotal y sus cadenas de oro, parece menos un líder político y más un analista de riesgo. Se explaya sobre las oportunidades que surgirán para los negocios locales en las nuevas áreas empresariales; dice que la gente de Barrow es emprendedora, como si esa cualidad fuera preferible a todas las demás. Los miembros del foro de negocios local —acérrimos defensores del cambio de nombre— aplauden sin parar. El Lord Lieutenant de Cumbria se inclina para escribir su nombre en la página. La firma es supervisada por una anciana dama que representa a algo llamado Royal Victorian Order. El alcalde anuncia que, de ahora en más, todos los comercios locales y las organizaciones públicas están obligados a usar el nombre Birdseye-in-Furness para designar a la ciudad hasta hoy conocida como Barrow-in-Furness. Algunos aplauden y otros abuchean. Varios gritan en dirección al escenario. Un coro escolar comienza a cantar al unísono, y su canto, al igual que la melodía militar, causa el efecto de suscitar el respetuoso silencio de la multitud. Casi me olvido de que tengo que hablar hasta que Nigel levanta una mano desde la otra punta del escenario. El alcalde dice:

—Tengo el inmenso placer de presentarles a Miles Platting, fundador y nodo creativo de Lingua Franca.

Saludo con la mano a la multitud, poniendo el foco en un espacio imaginario donde estaría parada mi familia. En estas situaciones tengo que recordar que no soy un niño que ha ganado un premio; soy un hombre odiado cuyo aporte a la humanidad ha sido menoscabar su importancia. Es difícil evaluar la naturaleza de la multitud. No es exactamente una turba. Hay demasiados neutrales como para eso. Pero sin duda existe una minoría que probablemente desea mi muerte. En primera fila hay un grupo de hombres de mediana edad, la mayoría decididos a continuar abucheándome. Mi estrategia instintiva es fingir que no nos entienden. Lamentablemente, nos entienden muy bien. Uno de ellos grita:

—¡Maldita escoria!

Apoyo mi discurso sobre el atril de madera. Es demasiado tarde para cambiar las palabras. Si tuviera energía, modificaría el contenido. No pondría tanto énfasis en los principios morales. Dejaría que ellos decidieran si los derechos de denominación son buenos o malos. Me referiría con candidez a lo que está por ocurrir. Algunas personas del público —las peluqueras y los dueños de puestos de comida árabe— sin duda escuchan el discurso con oído imparcial. Entienden que les han colgado una zanahoria delante de los ojos. Si pueden ver más allá de la "marca Birdseye" y superar la vergüenza de rebautizar a la ciudad en homenaje a un minorista de pescado congelado, entenderán el potencial lucrativo del proyecto. Una alcaldía con abundancia de efectivo es sinónimo de más inversión, más clientes y más dinero. Yo podría frotar los dedos para significar "dinero, dinero, dinero" y ellos entenderían perfectamente bien lo que estoy diciendo.

En cuanto abro la boca, me siento un elitista foráneo.

—Barrow está ingresando en una nueva era, damas y caballeros. De aquí a diez años, ustedes mismos pensarán en Barrow como hoy pensamos en Barbados o Dubái: un importante destino turístico internacional de primerísima categoría. Esto significa que el valor de sus viviendas aumentará, que sus salarios aumentarán y que surgirán nuevas oportunidades para el comercio. —Ya son varios los que aplauden. Eso me da derecho a proseguir—. Sé que es probable que demoren un poco en acostumbrarse al nombre "Birdseye", pero los derechos de denominación no son nada nuevo. No estamos haciendo nada que no hayan hecho los romanos cuando a la actual Londres la llamaron Londinium. —La multitud se queda pensando. Hay algo en ese silencio que me envalentona. Al menos están escuchando. No creen del todo lo que se les dice, pero escuchan—. La lengua debe cambiar, y cambia de acuerdo con nuestras necesidades. Somos los dueños de la lengua. La lengua no es nuestra dueña.

Una mujer niega con la cabeza casi todo el tiempo. Odia Lingua Franca; odia la destrucción de la lengua y de la comunidad. No le importa que ingrese dinero a la ciudad. El dinero no traerá nada bueno. Sostiene en alto un cartel que dice:

Barrow-in-Furness – R.I.P.

A mi entender, en Lingua Franca tendríamos que brindar alguna clase de entrenamiento en resiliencia emocional. Es difícil observar el enojo de los locales sin tener la sensación de que preferirías estar de su lado. Es el efecto humanizador. Es como pasear a un carnívoro en un matadero. Resulta fundamental mantener la distancia. Cuando estás tan comprometido como estamos nosotros, no hay salida.

—¡Damas y caballeros, eso que llamamos rosa conservaría su dulce aroma aunque tuviera cualquier otro nombre!

Cuanto más hablo, más comprendo que ya dije antes estas mismas cosas. Estoy recitando un guion, o la poesía de otro.

Sólo cuando miro de cerca los rostros humanos me doy cuenta de que en realidad no sé lo que estoy diciendo. Las palabras que salen de mi boca no expresan lo que ocurre dentro de mi cabeza. Digo algo sobre Shakespeare y siento que estoy al borde del desmayo. Nigel me mira fijo, pero sabe que no debe involucrarse. Espera a un costado, y lo único que hace es vigilarme. Es como el continuista en un estudio de cine: su próximo paso será recordarme todo lo que olvidé decir. Hay una conmoción en las últimas filas de la multitud. Algo sucede, pero no pasará a mayores. El desafío es mantener a todos contenidos para que no puedan hacer una farsa de lo que ocurre. Los guardias están desplegados en semicírculo desde el escenario hacia afuera; yo estoy en el justo medio de la línea horizontal. Es un método similar al que le salvó la vida a Ronald Reagan. Si el enemigo quiebra la primera línea, tarde o temprano será eliminado. A nuestros críticos les gusta decir que Lingua Franca se beneficia del presupuesto policial subvencionado. Nacionaliza las pérdidas, privatiza las ganancias. Tal vez sea cierto, pero a ninguno de ellos le arrojaron un cuchillo apuntado a la cabeza, como me ocurrió en Mitsubishi. Se oye un cántico proveniente de un sector de la multitud. La letra es indescifrable, pero el tono expresa una definida amenaza.

Lingua Franca, asesina del lenguaje.
Lingua Franca, asesina del lenguaje.

Veo carteles hechos a mano que se balancean sobre las cabezas de los concurrentes. Montones de pequeñas aletas de tiburón avanzan hacia mí. Saben lo que quieren. Quieren tradición, comunidad y la satisfacción de saber que no tienen que considerarse traidores. Quieren que su comunidad sea sacrosanta, una fortaleza impenetrable. Todos y cada uno son libres de avanzar y, como Moisés, dividen en dos a la multitud mientras avanzan. El cántico se ha transformado en algo más potente. Cada vez son más los que cantan. Hacen mucho ruido. Siento un golpe en el pecho. Algo aterriza a mis pies. Sobre el escenario, un nabo. Otra hortaliza —un rábano— pasa volando sobre mi cabeza. Son verduras fuertes, no se rompen al caer. Una papa golpea una de las cámaras. Un repollo le acierta al palo del boom y el micrófono. Por algún motivo, el trípode de la cámara se desploma. Alguien se escabulle en el escenario, munido de escoba y pala. Los manifestantes tienen bolsas llenas de verduras: una excelente reserva de municiones. Nigel alza la mano y los trompetistas arremeten con otra melodía. El ejército nos salvará. Los guardias coordinan sus movimientos, reducen el espacio de movilidad de los manifestantes. De pronto tenemos un incidente. Nigel me mira fijo, y su mirada expresa que debemos irnos. Necesito decir algo que dé la impresión de que no estoy terminando mi discurso antes de lo previsto. No quiero parecer asustado.

—¡Entonces recuerden! Eso a lo que llamamos rosa, con cualquier otro nombre, conservaría su dulce aroma. Barrow es la rosa, damas y caballeros, ¡y no existe aroma más dulce que el de su nuevo socio de derechos de denominación: Birdseye!

Una coliflor pasa rozando mi cabeza. Un guardia intenta bloquear heroicamente la lluvia de zanahorias. Me veo obligado a salir del escenario. No tenemos nada más que decir. Ya dimos nuestro discurso para las cámaras. Alguien me cubre la cabeza con una chaqueta. Se supone que es para protegerme, pero mancilla mi dignidad. Ahora soy imposible de identificar, excepto por el hecho de tener una chaqueta sobre la cabeza. Debo de parecer un criminal que sale de la corte después de haber sido declarado culpable. Me llevan a un área segura entre bastidores. El concejal pide disculpas por el comportamiento de sus conciudadanos; jamás tendrían que expresar una opinión. Nigel habla por celular, discute sobre el significado de lo ocurrido. Yo estoy entre dos guardias cuyo deber profesional es recibir todos los golpes que me están destinados. Pienso en qué diría Kendal; se reiría del ataque con verduras. Diría que toda la culpa es mía por haber inventado Lingua Franca, y que sólo es cuestión de tiempo para que me dé cuenta de lo que hice. Diría que todavía estoy a tiempo de arrepentirme. Depende de ti, Miles Platting. El mundo es tuyo.

10. El dilema del sufijo

El Walney Channel separa el continente de nuestra unidad de base. Por nuestros requerimientos, el asentamiento consiste en un edificio provisorio para los equipamientos de medios y prensa, baños químicos, salas de recreación, una cantina en una casa rodante estacionada, un centro médico y, lo más impresionante de todo, doce contenedores de embarque adaptados como viviendas con una cama de una plaza, puertas de seguridad deslizantes y suficiente espacio como para un adulto tamaño promedio. Casi todo el tiempo andamos pisando guijarros, pero hay un área bastante amplia, de suelo sólido, donde han erigido la mayor parte de los edificios. Las unidades fueron construidas con materiales reciclados, y tienen canaletas en los techos diseñadas para recoger el agua de lluvia. Los contenedores están distribuidos en dos hileras, conectadas entre sí por una escalera y una pasarela de metal. Las unidades fueron armadas y equipadas en otro lugar y trasladadas con grúas. Es mérito de los constructores haber instalado la unidad de base en tan poco tiempo. Todos los contenedores son de distinto color; tenemos nuestra propia estética, que hace las delicias de la sección Life & Arts del *Financial Times*. El público cree, equivocadamente, que fuimos nosotros quienes nos ocupamos de la construcción. Somos sinónimo de colores brillantes y diseño dinámico. Lo que importa es dar un buen espectáculo: vale la pena elegir Lingua Franca sólo por eso.

La ventaja de nuestro emplazamiento es que nadie puede atacarnos. Desde nuestra posición en las orillas de las gradas del puerto, la única línea de ataque posible tendría que venir del oeste: de la propia Walney Island. Hay barricadas en las vías de acceso para disuadir a los rebeldes y una estación de policía temporaria en la entrada de nuestro asentamiento. La topografía del área juega a nuestro favor; de un lado hay una lodosa y escarpada banquina que funciona como defensa contra los que pudieran acercarse desde la calle. Las lanchas de patrulla recorren el agua para evitar cualquier intento de recalada. El Jubilee Bridge nos permite monitorear el tráfico proveniente de Birdseye. A Nigel le gusta bromear diciendo que nos perdemos algo con toda esta seguridad: los isleños de Walney Island deben de estar felices con el nuevo nombre de su hermanita; probablemente querrían traernos tazas de té y mantas.

Desde el pozo de la escalera puede verse el adusto y magnificente Devonshire Dock Hall: el astillero más grande de Gran Bretaña. Se trata de una estructura inmensa y para nada atractiva en la que les hacen tratamientos de belleza a los submarinos de guerra. Es uno de los edificios oblongos más gigantescos que verás en tu vida. Su propósito —en parte— es impedir que los satélites capturen los secretos de la ingeniería naval. Casi podría perdonarse la escala monumental del edificio si hubiera nacido del amor —como por ejemplo una catedral—, pero si su utilidad es albergar la construcción de barcos asesinos uno no puede menos que preguntarse cómo pudo ocurrir esto. Parecería que las armas se fabrican en este rincón olvidado de Inglaterra para que el resto del país no se dé cuenta. Uno de nuestros engañosos argumentos es que liberamos a Barrow de su dependencia de la industria de la muerte. El dinero atraerá negocios benignos que fabrican cosas más amables. Ya no tendrán necesidad de fabricar armas; podrán vender sándwiches de salchicha y ropa barata de nailon. Allá abajo está nuestra improvisada plaza de pueblo. A todos les gusta congregarse, jugar al ping-pong y beber cerveza. Nuestro personal juega irónicos partidos de ajedrez debajo de un toldo. El código de vestimenta es relajado debido al barro y la lluvia. Veo que dejan pasar a dos vehículos en la entrada. Están llegando los periodistas.

La sala de reuniones tiene suficiente espacio para todos, incluidos los administradores de redes, los maquilladores, los asistentes de prensa y los cadetes. El trabajo del fotógrafo es tomar imágenes de Nigel con aspecto serio. Los periodistas están admitidos, siempre y cuando no hagan preguntas. En la mesa lateral, una hilera de jarros de café boca abajo. La mesa es lo más llamativo del conjunto, y todos clavan la vista en ella. Nigel se pone celoso de la mesa. Se para en la entrada con una taza de café. Si no supiera quién es, pensaría que es un profesor relajado. Pero sé quién es.

—Bienvenidos a la unidad de base, desde donde conduciremos las operaciones de la semana. Quiero agradecer a nuestros socios en la construcción —Keane & Sons Builders— por haber erigido un lugar tan magnífico pocos días antes de nuestra llegada. Como saben, el complejo garantiza que podamos manejar las condiciones a nuestro favor. Podemos garantizarles su seguridad manteniendo la estética y los estándares que han dado renombre mundial a Lingua Franca.

Detrás de Nigel hay una pantalla donde se proyecta un recordatorio de nuestro eslogan de campaña:

Birdseye: Bienvenidos a una Barrow más Colorida.

Nigel habla sobre Lingua Franca, sobre su crecimiento exponencial y sus planes de continuar creciendo. Subraya que, cada vez que convocamos a una de estas sesiones, la sala está más atestada. Sabemos expresar con eficacia lo grandes que somos. Nigel procede a explicar la grilla de eventos; tenemos entrevistas de radio, firmas de contratos de consultoría y una serie de reuniones con negocios locales. Dice, por si alguien necesita que se lo recuerden, que debemos conducirnos de una manera que beneficie a nuestra organización.

—No, no hagas eso —bromea alguien, y todos ríen. Nigel analiza los beneficios empíricos de los derechos de denominación para la economía local. Hace un par de chistes que provocan risas falsas. A veces me pregunto si se ríen de miedo, como las víctimas indefensas de una dictadura que son obligadas a sonreír con un revólver en la nuca. Después Nigel pone una cara para que todos se den cuenta de que lo que está diciendo ya no es gracioso.

—Y en nuestra reunión de hoy quisiera hacer un minuto de silencio por Eden, que siempre estará en nuestros corazones. El minuto de silencio se cumple de distintas maneras. Los periodistas miran respetuosos a lo lejos. Algunos fotógrafos toman fotos. El resto de nosotros no quiere pensar demasiado para no llorar. Luego somos liberados. Tenemos permiso para caminar libremente y servirnos café. Me ocupo de evitar las conversaciones para poder escucharlas. El acento dominante es una especie de chillido del sudeste que no pertenece a ningún lugar. Es un acento que podrías escuchar bien al oeste, por ejemplo en Swindon, y tan al norte como en Dermalogica. Todos dicen que mi discurso en el Ayuntamiento estuvo muy bien. Pueden haberme arrojado verduras por la cabeza, pero estuve muy bien. Di con el tono adecuado. Posibilité que el circo ejecutara su rutina de números. Soy el presentador de la pista circense. Un presentador cansado. Los periodistas miran en mi dirección, se aseguran de que vea sus credenciales. Tengo programada una entrevista con *The Travelodge Gazette*. La maquilladora me lleva a un rincón. Su cinturón cargado de pinceles contiene todas las varitas mágicas del maquillaje. Me pide que mire hacia la luz. Mi rostro es sometido a escrutinio. Me aconseja que mire hacia arriba para tener una visión mejor.

—No tenga miedo —dice. Sonríe y saca la lengua lengua un instante, de un modo que pretende ser juguetón. No como un lagarto. Se estira para acercar su caja de maquillajes. Trabaja sobre la línea de nacimiento del cabello, cepilla. Tiene que estirarse tanto que su estómago queda expuesto. La panza me mira. Tengo los ojos cerrados, pero siento que me observan. Uno de los periodistas dice "señor Platting" y anuncia que vamos a hablar dentro de un minuto. Sé exactamente cómo saldrán las cosas. Me preguntarán cómo es sentirse odiado. Me preguntarán por las próximas ciudades, y si existe algún lugar que pudiera quedar a salvo de nuestra intervención. Me preguntarán qué pienso de los *emojis*. Me preguntarán por Kendal. Probablemente ya tendrán pensado el titular. *Miles Platting: No soy el mal, soy una provocación.* Después daremos un paseo por la costa e intentarán que revele un aspecto más profundo de mi ser. Me pedirán que chapalee en el agua y pose sentado sobre una roca. Me indicarán hacia dónde mirar y cómo sonreír. Yo inclinaré la cabeza, como hacen los perros, y me pondré de costado. *¡Excelente, muy lindo!* Los invitaré a mi pequeño contenedor y les ofreceré cerveza recién sacada de la heladera. *No eres tan malo, Miles. No importa lo que digan…*

★ ★ ★ ★ ★

Nos reunimos en la barrera que separa nuestra burbuja de lo que Nigel llama el reino animal.

—Saldremos de safari —dice, sin remordimiento alguno por comparar a los ingleses pueblerinos con babuinos y chimpancés.

Seguimos a nuestro guía turístico, un nativo que pasó airoso nuestra inspección previa. Señala el muelle, donde se construyeron barcos por primera vez en la década de 1880. Algunos del equipo de operaciones no nos siguen el paso; otros se distraen, mandan mensajes de texto o conversan entre ellos. En vista de que nadie presta atención, Nigel finge interés y le pide al nativo que nos cuente un poco más sobre vigas, tornillos y mineral de hierro. Los miembros de nuestra comitiva sólo empiezan a mostrar interés cuando atravesamos el centro de la ciudad; el redactor de contenidos web se ríe al ver que falta el apóstrofo en Jaynes Fish Bar; el administrador de redes sociales se ríe de las mujeres de cabello anaranjado en la peluquería; el redactor creativo junior señala el tráfico y dice: "¿Adónde va toda esta gente? ¿Dónde trabajan?". Señalan bares tapiados y supermercados de productos de descuento que nadie sabía que existían. Establecen comparaciones desfavorables de la ciudad con Londres y sus dos alternativas socialmente aceptables: Brighton y Bristol. Me dan ganas de redenominar a Brighton *Tropicana*. Miran al vendedor callejero y ríen a carcajadas. Casi como si quisieran que el guía del recorrido los escuchara. Quieren que ese tipo sepa que ellos vienen de un lugar mejor.

—¿Qué hacen los fines de semana? —dice el guardián del estilo adecuado para comunicarse en las redes. No es consciente de su propia intolerancia cuando agrega—: No me había dado cuenta de que Barrow era tan *pobretona*.

—Birdseye.

El guía sigue caminando. Nos muestra un lugar donde podemos llevar a lavar y secar nuestra ropa. Después se despide y todos tardan unos segundos en darse cuenta.

Echamos un vistazo a la tienda de usados, que todos encuentran hilarante. Se maravillan con las baratijas viejas, la vajilla de la abuelita, los difuntos juegos de mesa y cosas que nadie fabrica más. El vendedor responde sus preguntas, tomando su entusiasmo al pie de la letra e ignorando el intento de burla. Le pregunto al vendedor qué piensa del nuevo nombre.

—Sí, bueno. Si trae gente a Barrow…

—Birdseye.

—Sí, Birdseye. Entonces… supongo que cualquier nombre está bien.

Nigel entra al salón, atiborrado de muebles rotos, una mesa con centenares de conejos de porcelana y un reloj de pie quebrado. Parece el interior de la mente de alguien. Espero en la puerta mientras Nigel compra un enano de jardín un poco descascarado.

En el centro de la ciudad, ahora peatonal, se nos unen algunos periodistas que nos acompañan hasta la estación de tren. Aquí estamos, el mejor programa de la ciudad: Lingua Franca de tour. Mirado desde lejos, lo que hacemos debe de parecer extraño. Hay algo raro en ver a una docena de hombres debatiendo la posición de un cartel en una plataforma de ferrocarril. Nigel lleva puesto un casco de albañil por si le arrojan un objeto contundente. Los empleados del ferrocarril que arreglan las vías se paran a ver lo que hacemos. Un fotógrafo intenta abrirse paso para tomar una foto nítida. Está bien, siempre y cuando no entren verduras en cuadro. El encargado de la señalización deja que el taladro haga su trabajo. Retrocede y el cartel se sostiene firme.

Birdseye-in-Furness

Un pequeño logo acompaña el texto. Aplaudimos, como para recordar el propósito del evento: redenominar la estación de ferrocarril. Un miembro del Concejo sugiere que incluyamos un sufijo que diga "antes Barrow-in-Furness". Esto es lo que llamamos *el dilema del sufijo*. Nadie quiere borrar del todo el antiguo nombre. Para los locales, es difícil verlo por primera vez. En teoría está todo bien, pero no como una acción con consecuencias. Nunca es fácil soltar. Un tren ingresa en la estación y bajan los pasajeros. Miran el cartel y algunos se llevan la mano a la boca, otros niegan con la cabeza. Con el tiempo ya no se sorprenderán tanto al pasar junto al cartel. No lo registrarán como algo significativo. Pero ahora es un asunto álgido. Es el fin del mundo. Es oficial. Barrow está muerto y Birdseye está vivo. Tu ciudad ha sido vendida. Por favor, permítenos restregar tu nariz contra el suelo.

Los eventos tienen lugar todo a lo largo y a lo ancho de Birdseye. Nuestro viaje es acompañado por un enjambre de periodistas. Visitamos un refugio para personas sin hogar, donde los sin hogar tienen sus cinco minutos de fama pasajera.

Visitamos la Biblioteca, que ahora se llama Biblioteca de Birdseye. Alguien del público plantea el dilema del sufijo; lo remitimos a los términos y condiciones.

En el consultorio médico local nos damos la mano con la enfermera de la comunidad, que protege la puerta como si planeáramos entrar por la fuerza. Encontramos a una paciente en la sala de espera. Me aferra el brazo: no porque necesite aferrarse a algo sino porque necesita que yo escuche. Resulta que ella vive una vida real, no una de película. Alguien toma una bonita foto.

Colocamos una placa en el club de excombatientes para conmemorar su nuevo nombre: Club de Excombatientes de Birdseye. Nigel se sienta con los veteranos y mantiene una larga y descarriada conversación con la esperanza de que alguien tome una foto. Habla sobre el edificio para no tener que hablar de la guerra. Lindo edificio, dice. Realmente lindo edificio. Los veteranos nos hablan de los jóvenes que ensucian las paredes con grafitis. Ofrecen una solución unánime: más disciplina. Un piloto retirado de la RAF recuerda la época en que volaba un avión a trescientas millas por hora para enfrentar los embates de la Luftwaffe. El gerente de contenidos digitales les dice cómo conseguir detalles de registro en Google Analytics para un sitio web que jamás van a construir. Terminamos quedándonos un par de horas, consagrados a hablar del clima y de si alguna vez cambiará.

Entramos al Pig & Thistle, un pub de techo plano que es parte de la misma estructura de ladrillo que la agencia de noticias vecina. Los hombres que ocupan las mesas están concentrados en la pantalla grande; recuerdan al personal de la Casa Blanca mirando el asesinato de Bin Laden. Pero no se trata de Bin Laden; es una carrera de caballos. Algunos miembros de nuestro equipo sonríen satisfechos. El redactor de contenidos web se ríe de la palabra *premisas* escrita con doble ese: *premissas*. El director de operaciones señala el menú y pregunta si alguien quiere la promoción: una porción de pastel de papas a tres libras. El ruido de fondo es un murmullo interminable. Montones de personas parecen estar gritando al mismo tiempo. Dos mujeres se empujan en la barra. Usan palabras como "amor", pero en tono amenazante. Sentado a la barra hay un hombre sin brazos. La camarera da vuelta las páginas de *The Sun* para él. Soy consciente de que nos observan, pero nadie más parece notarlo. Nigel está parado en una mesa, contando las cabezas para calcular cuántas pintas va a comprar. El tono de voz de Nigel —alto y poderoso— deja traslucir que ha sido un buen día para Lingua Franca. Hemos alcanzado nuestra meta de aumentar el conocimiento de la marca y haber reducido al mínimo la furia local. Mira a la camarera y ordena una ronda para todos. Ella no sonríe mucho.

—Son cuarenta y cinco libras.

—¿Puedo pagar con mi…?

—Puede pagar como le dé la gana, pero son cuarenta y cinco libras.

Al parecer, la camarera no sabe que somos los villanos de Birdseye. Esta es la bienvenida que acostumbra darle a la gente del inframundo. No sabe que nosotros dimos muerte al nombre Barrow y lo reemplazamos por un término sin sentido. Si lo supiera, su mundo se vendría abajo. La mayoría de los habitués probablemente la tienen en alta estima. Ella les sirve cerveza caliente y les permite pasar el día sentados allí. Uno dejó su bastón apoyado contra la estufa. Otro, que tendría que lavarse las manos, dejó su mameluco de trabajo doblado sobre el respaldo de la silla. Hay un perro sentado en medio del salón. Ninguno recibe suficiente luz solar.

Me acodo en la barra y pregunto qué me recomiendan para comer. La camarera dice:

—*The Lamb* está bien.

Pregunto si *The Lamb* es un pub o un plato de cordero. Me mira mientras se inclina para arrojar algo al tacho de basura. No dice nada. Su tiempo es oro. Si hago una pregunta, es mejor que sea buena. Todavía no hice una buena pregunta. Pregunto si hay un kiosco donde pueda comprar cigarrillos. La camarera dice:

—Usted sabe que sí.

—Nunca estuve en Birdseye antes.

—Barrow.

Uno de los parroquianos nos mira y dice:

—¿Ustedes son reclutas del ejército?

Es difícil explicar lo que hacemos. A veces decimos que somos una agencia especializada en el desarrollo y la creación de marcas, cosa que nos hace quedar como escoria en la ex-Barrow-in-Furness.

Nigel dice:

—No. Estamos de visita en Birdseye.

Uno de los caballeros más viejos sacude su bastón hacia nosotros.

—¿Por qué la llaman Birdseye?

—¿Cómo tendríamos que llamarla?

—Barrow-in-Furness.

La camarera dice:

—Si la llaman Birdseye, pueden ir saliendo por esa puerta.

Uno de los borrachos les dice que se callen porque somos del ejército. Todos entablamos conversación por separado. La situación progresa. Parecen comprender que somos Lingua Franca; somos los responsables de la revolución.

—¿Saben cómo tendrían que llamarla? —dice el hombre que mascula en la barra—. Barrow-in-Furness.

—*In forno* —digo yo, pero él no capta el juego de palabras y ciertamente no sabe italiano—. Birdseye tiene gancho.

—Para nosotros no es ningún Birdseye, viejo. —El caballero está llegando al final de su pinta. Me distraigo unos segundos. Detrás de la barra hay una placa en homenaje a un perro. Es evidente que la camarera no siente nada por los humanos pero tiene un gran cariño por los perros. Los perros no pueden lastimarte como los humanos. Si me atreviera a sugerirle esto, me arrojaría a los sabuesos—. He vivido aquí toda mi vida. Para mí es Barrow, y siempre lo será. La maldita Barrow-in-Furness.

La preocupación principal de la camarera es distraer la atención de todo lo que cause problemas. Ya ha visto esto antes. Por más que frunza el ceño, no es de las que ahuyentan a los clientes, ni siquiera a los que buscan arruinar su ciudad. Se limita a decir:

—Vamos, muchachos. Bajen la voz.

Hacemos lo posible para movernos por el pub sin establecer contacto visual. En la pared hay una camiseta de fútbol enmarcada, firmada por los jugadores del Club Barrow. Hay fotos de viejos bailando y varias reuniones donde el *catering* tiene un aspecto pésimo. En otra ciudad, los carteles metálicos *vintage* y los faroles antiguos serían considerados cursis. Vamos hacia el fondo del pub. Los ruidos predominantes son la charla de los parroquianos y los acentos anchos, que parecen volverse más densos, más impenetrables, cuando más hablan en nuestra dirección. Juntamos algunas sillas de madera destartaladas y nos sentamos. Le indico a Darren que se siente en el banquito redondo: un escabel, creo que lo llaman así, pero no quiero decir esa palabra en voz alta. En el medio ponemos una gran pila de chaquetas, nuestra pequeña isla. Un grupo de hombres se congrega a nuestro alrededor. Uno de ellos tiene agarrado del cuello a su amigo. Otro alza un pulgar con polvo hacia la nariz de un tercero; la nariz aspira.

—Esta canción es genial. —Uno de ellos nos señala—. Vengan a bailar.

Las sonrisas se borran de nuestras caras. Ya nadie tiene el menor interés en señalar errores de escritura o reírse del mal gusto de las mujeres para vestirse. Nos miramos fijamente entre nosotros. Nigel murmura algo sobre indicadores clave de desempeño. Nos estamos quedando sin tema.

—¡Vamos, no sean arrogantes! Vengan a bailar.

—Estamos bien así, gracias —dice Nigel.

—Esta canción es genial.

—Es una gran canción.

Nuestro jefe de marca trata de sacarle conversación sobre Céline Dion.

—Maldita Céline Dion. Malditos cantantes sureños.

La información se propaga. Somos un grupete de malditos *sureños*. Vestimos pantalones floreados y bandana. Quieren golpearnos en la cara.

Nos hacen señas para que entremos al pogo. Nosotros nos miramos. Si no hacemos nada, probablemente aumentarán las posibilidades de que nos partan la cabeza.

—Al diablo —dice el redactor creativo junior.

Tropezamos con la máquina de humo. Hay un ímpetu positivo, una escalada de energía. Nuestro mundo choca contra el de ellos. Los jóvenes machos ebrios se abrazan de los hombros y cantan. La canción les implora que alimenten al mundo y les hace saber que es Navidad. Mugen las palabras con ironía consciente: saben que ninguno de ellos alimentará al mundo. Nos miran para evaluar si merecemos una segunda oportunidad. Me preguntan mi nombre. Preguntan qué hago en su pub porque nunca me han visto antes. Uno de ellos dice que el Día de San Jorge debería ser feriado nacional.

—Cada día de la semana debería ser un maldito feriado.

Se amontonan, cantan usando una botella de cerveza como micrófono. Algunos miran con ojos entrecerrados a las mujeres de nuestro grupo, evaluando la posibilidad de manosearlas. Yo sigo parado en el mismo lugar, como si no pudiera mover las piernas. Soy un tronco de árbol. Empiezo a moverme y todos empiezan a reírse.

—Ven a bailar, sureño.

El tono con que se dirigen a nosotros vuelve a ser agresivo. Damos la impresión de ser un grupo de personas que lo están pasando bien, pero todo tiene un límite. Uno de los hombres se desliza junto a Karen, de relaciones públicas; le da un panzazo y le pasa un brazo sobre el hombro. Nigel me mira con cara de *vayamos cerrando este asunto.*

—Vamos, amigo —dice el jefe de marca, y retira el brazo del sujeto del hombro de Karen. Todos empiezan a amontonarse, miran fijo al jefe de marca.

—Maldito seas, maldito sureño.

Le clavan el índice en el pecho.

Se oye un "bueno, bueno, bueno", un "tranquilos, caballeros". Son un conjunto de hombres furiosos, pero contentos de estar furiosos. Ahora es cuando se sienten más cómodos: en el momento previo a la pelea. Las palabras sólo les interesan para llegar hasta este punto. Los nudillos desnudos hacen el resto. Algo se estrella en algún lugar. Se escucha el sonido de una silla arrastrada hacia atrás. Levanto un taburete, podría necesitar utilizarlo como un par de astas para embestir contra ellos.

Nigel grita:

—¡Salgamos de aquí!

Alguien empuja a Nigel. Darren rodea con el brazo al principal agresor, como un entrenador de fútbol que discute la decisión del juez de línea. El gerente de marketing intenta liberar al jefe de marca de una llave de cabeza.

Cumplo mi papel de jefe de bomberos, arreo a los coordinadores de marketing y a los del área de administración de relaciones con el cliente hasta un lugar seguro. Nos retiramos a la isla llevando todas las valijas que podemos. Me las ingenio para abrir paso de modo que todos escapen corriendo. Por sobre mi hombro los escucho canturrear: "¡Pajeros! ¡Pajeros!". Esto es lo que ocurre cuando los mundos chocan. Tendríamos que tener una bandera, de verdad. Una bandera que diga Lingua Franca, con un café *latte* como emblema. Nosotros somos Lingua Franca. Somos de la ciudad y bebemos café *latte*. Hacemos mundos nuevos, mejores que el de ustedes.

Podemos consolarnos con una cosa. Si alguna vez volvemos al Pig & Thistle, probablemente ya será otra cosa: un Costa Coffee o un Little Chef. Misión cumplida.

11. Metamorfosis

La pasarela que conecta los contenedores ofrece una vista perfecta del puerto. Desde nuestra posición encumbrada sobre las gradas, parece que el hombre hubiera triunfado sobre la naturaleza. No hay muchos árboles ni parques, sólo la impronta industrial de los buques cisterna, las dársenas y los edificios tipo monoblock. Pero aquí estamos nosotros, con nuestros contenedores de colores brillantes y nuestro alambrado de púas. Observo desde la cornisa, desde lo alto del paisaje. Transportan cosas como hormiguitas en el hormiguero. La actividad matinal incluye recoger los residuos; han dejado botellas de cerveza y paquetes de cigarrillos en los setos. Nigel contempla sin involucrarse. Mantiene su autoridad ordenándole qué hacer a la gente y dónde pararse. Yo prefiero pararme en la plataforma de mi cajita cuadrada y ver entrar los barcos.

Nigel se ve obligado a levantar la voz.

—¿Vas a venir?

Quiere saber si estoy listo. Me asomo sobre la cornisa y le digo que no iré. No me siento con ánimo para redenominar la enfermería local. Me pregunta si tomé paracetamol, y charlamos un poco sobre la eficacia de los analgésicos. Nigel no cuestiona mi honestidad, pero lo haría si estuviera hablando con otra persona. Le diría que dejara de comportarse como un niño. A mí no puede decirme eso. En cambio dice que duerma un poco y mejore pronto. Escucho que algunos de los otros dicen "Que se mejore". Cierro la puerta y los miro alejarse por una hendidura. Las empresas de taxis aguardan en el perímetro con la esperanza de conseguir algún viaje. Nuestro equipo de seguridad ya habrá investigado a todas las compañías.

Recién cuando tengo la certeza de que todos se han ido emerjo a la luz. Qué alivio ser recibido por el silencio. Cada movimiento que hago parece audible; puedo oír el crujido de las piedras bajo mis pies. El silencio es recomendable. Casi me pregunto por qué nadie lo ha pensado antes. La escena es limpia y clara: sin gente parada alrededor hay más espacio para moverse, más tiempo para pensar. Hay una isla entera para explorar. Hay tiempo y espacio, lo cual parece un extraordinario giro de los acontecimientos. Podría caminar diez minutos seguidos sin tener que preocuparme por toparme con periodistas. Tengo tiempo para pensar en otras personas, como Kendal. Puedo reflexionar sobre nuestra ciudad-dentro-de-una-ciudad, y si los habitantes de Birdseye deberían recobrar su propio nombre. El primer plan es chequear si quedó alguien en la cocina, lo cual es improbable pero posible. El sonido que me decepciona —porque significa que hay alguien— es el que hace la puerta de la heladera al abrirse. Alguien está sacando botellas de la heladera. Darren parece preocupado porque lo he descubierto. Baja la botella de cerveza.

—Todo bien, compañero. Ya se fueron.

Darren espía por la esquina para ver si digo la verdad. Cuando comprueba que sí, bebe un trago de cerveza. Está más relajado cuando Nigel no anda cerca. Cuando sólo somos nosotros dos, puede hacer lo que quiere. Somos las únicas dos personas que se sienten responsables mutuamente. Sugiero que salgamos a caminar. Darren acepta. Dice que la unidad de base es "seca"; con eso quiere decir que es aburrida. Hago que se ponga la chaqueta y caminamos cuesta arriba. Ahora el viento se hace más presente: pasa silbando sobre nuestras cabezas. El sendero que conduce al camino no tiene letreros, y no es tanto un sendero como una serie de rocas entre las que se puede caminar. Hay un sector donde supuestamente no debemos caminar debido al suelo contaminado y alguna ocasional bomba que todavía no estalló. En un momento dado me veo obligado a agarrarme de Darren para no perder el equilibrio. Pero, por lo demás, es una escalada manejable. En el límite de nuestro campamento hay un cartel que dice *No pasar*. Nosotros mismos lo pusimos. En realidad tendría que decir *No siga adelante porque no tenemos seguridad más allá de este punto*. Decidimos seguir adelante.

—Estoy harto de Nigel —dice Darren. Enumera las cosas de Nigel que lo hacen enojar. Nigel piensa que se las sabe todas, siempre. Nigel da demasiada importancia a cosas irrelevantes. Y por mucho que trabaje Darren, nunca lo felicita—. Es flor de pelotudo, viejo.

Trato de convencer a Darren de que Nigel no es un pelotudo. No es más que un hombre cansado que intenta dirigir una empresa.

—Nah, es un pelotudo. —Tiene una relación rara con el lenguaje Darren. Usa lo que tiene. Hace bien en evitar los clichés cuando sería tentador recurrir a expresiones como *tocar el cielo con las manos* y *hasta el fin de los tiempos*. Dice lo que quiere, lo que necesita decir. Formula un par más de objeciones. Algo sobre los anteojos de Nigel. La lista se prolonga—. Le juro que si sigue así, voy a…

—¿Qué?

—Voy a renunciar. —Casi al instante, se preocupa por mi reacción—. Obviamente quiero que usted esté seguro y a salvo, ¿sabe? Pero un hombre debe hacer lo que tiene que hacer. Ya llegó el momento, viejo.

Le recuerdo a Darren que siempre dice que va a renunciar. Chupa el cigarrillo como si el humo fuera precioso.

—Sí, tiene razón.

Caminamos por la banquina. Cuanto más caminamos, más aislado se siente el lugar. Podrías recorrer toda Walney Island y ver, en promedio, unas cinco personas. Es una lástima que lleve puesta una camisa cara. La moda sólo importa cuando hay gente para verla. Darren lleva ropa adecuada para la ocasión, campera con capucha y pantalones de obrero; me pregunto de dónde salieron esas manchas de pintura. Decidimos caminar para curiosear, principalmente. Queremos pasar inadvertidos, no queremos que nadie nos pregunte adónde vamos. En el camino hay un par de garajes, galpones para equipamiento y un pub abandonado. Con el dinero de los espónsores esperamos ver la llegada de cafeterías, locales de venta al público y falsos comedores de ruta norteamericanos. Hay una gigantografía que vende Birdseye. Hay una señal caminera que dice *Birdseye – 1/2 mile*. Los carteles de Birdseye han sido colocados muy alto para que nadie pueda derribarlos. Queremos alcanzar el máximo valor de marca: exhibir Birdseye en todos los lugares que consideremos dignos de la atención del público. Si pudiéramos estampar su nombre en las nubes lo haríamos. Encontraríamos la manera.

—¿Alguna vez piensa que van a matarlo? —dice Darren.

—Bastante seguido.

Le digo a Darren que nunca te sientes tan vivo como cuando miras a la muerte a la cara. Me pregunto qué pensará de mi manera de hablar. Me pregunto si piensa que soy un modelo a imitar, o algo que conviene evitar ser. Nos detenemos en el terraplén para que Darren recoja una piedra, se dé vuelta para mirar el agua y la arroje lejos. Yo recojo una lata vacía y la pongo en el tacho de basura.

Darren levanta otra piedra.

—¿Qué piensa hacer entonces?

—¿Respecto de qué?

—Tiene cara de necesitar vacaciones.

Apunta al agua y arroja la piedra a unos nueve metros, más o menos. Rebota contra otra piedra.

—Voy a estar bien.

La mujer que está parada en el refugio de ómnibus de concreto atrae nuestra atención.

—¿No es su esposa?

Empieza a caminar hacia nosotros, arrastrando su valija con ruedas. Lleva puestas unas botas de *trekking* impermeables, como si pretendiera escalar el Scafell. No parece preocuparle que el viento le revuelva el cabello. Me desorienta ver a Kendal aquí, en una península remota, cuando tendría que estar en Stella Artois. No entiendo cómo pudo pasar esto. En la mano izquierda sostiene un vaso de café vacío, una reliquia del otro mundo.

—Esteee… ¡esto es asombroso! —No estoy seguro de qué es lo que le parece asombroso. Las hileras de chimeneas… el barro a orillas del río… el poste de la luz azotado por el viento que parece a punto de caer. Nada de eso parece asombroso—. Digo, es asombroso y espantoso al mismo tiempo. Es asombroso que aún existan lugares como este. Es espantoso que estés aquí. Espantosamente asombroso. —Parece decepcionada porque no digo nada. Ha invadido nuestro espacio, y no ha hecho el menor intento por justificar la invasión. Se ha posicionado en el medio de nuestras vidas, nuestro horario laboral, sin advertencia previa—. Siento como si estuviera en una película de Ken Loach. ¡Mira eso! —Señala el camino lleno de baches—. Desolación. Me encanta. —Se pone más romántica cuanto más avanza hacia el norte. Odiaría llevarla a Islandia. Guarda el vaso de café plegable en su valija. Mete las manos en los bolsillos de la chaqueta, la única parte de su cuerpo que recuerda que hace frío—. ¿Pusieron un cartel aquí?

—No.

—Asombroso. —Le pregunta a Darren si tiene un encendedor. Darren saca uno del bolsillo y enciende el cigarrillo que Kendal tiene en la boca—. Entonces vamos, muchachos. ¿Adónde van a llevarme?

★ ★ ★ ★ ★

—Miles, esto es hilarante. Digo, es horroroso, absolutamente horroroso, pero también hilarante.

Dejo su valija en mi pequeño cubículo. Ella da vueltas por el lugar, en trance. Tiene marcas en la nuca donde el acupunturista hizo demasiada presión.

—Ay, Dios mío, tienes una pintura de Frida Kahlo. ¿Qué hace Miles Platting con una pintura de Frida Kahlo? —Se maravilla al ver la lamparita que cuelga del techo y su ridículo voltaje—. Es asombroso lo que se puede hacer con tanto dinero sucio. ¡Guau, una lima de uñas!

—Almacenamos todo. —Este es mi breve intento de justificar mi existencia—. Para volver a usarlo.

—Subterfugios —responde. Kendal abre el cajón y acaricia el cable de Ethernet como si tuviera propiedades mágicas. Acaricia todo, con la secreta esperanza de encontrar una bisagra floja o un tornillo torcido. Golpea la pared con los nudillos como si hubiera alguien escondido detrás—. ¿Alguna vez te sientes un poco desconectado? —Rasca la pared con la uña, esperando que se desmenuce—. Supongo que a los colonizadores no les gusta mezclarse con los colonizados. —Empieza a pasar el índice por el estante donde tendrían que estar los libros—. Aquí tenemos a Miles Platting, un hombre que ha dedicado su vida al Dios Dinero. Únanse a Miles en su búsqueda para descubrir el verdadero sentido oculto tras la mediocridad eterna. —Habla como la voz en *off* del tráiler de una película—. Miles alguna vez fue un joven y optimista profesor de lengua inglesa que abrigaba la esperanza de formar corazones y mentes, hasta que conoció a su bella esposa, Kendal, que lo arrastró por el camino del pecado. Se divorciarían, si sólo quisieran tomarse la molestia. —Me siento en la cama y la miro recorrer la habitación, todavía concentrada en tocar todo—. Compartan con nosotros el próximo episodio, donde intentará redimirse y metamorfosearse en un hombre de un… *Ungeziefer.* —Sigue caminando todo lo que permite el espacio. Exhala un exagerado suspiro—. ¿Qué pensaría Kafka de esto? —Curiosea el interior de un vaso que no fue lavado y presenta una dura costra de Solpadeine en el fondo—. Bueno, estuve pensando en cómo puedes arrepentirte. Vine a proponerte algo, pero no sé exactamente qué. —Se sienta en la cama y se cruza de piernas—. Lo único que sé es que vine a buscarte.

—¿Necesito que me vengan a buscar?

—Tú sabes qué necesitas. Necesitas volver a casa.

—Kendal…

—Odias todo esto. Las lámparas halógenas. Los sofás de *tweed*. Vamos, Miles. Eres un romántico de corazón. —Nos estamos desafiando para ver quién baja la vista primero—. No te sientas mal por hacer un giro radical. No me burlaré de ti.

—Sí que te burlarás.

—Sólo un poco. Digo, no soy una santa, Miles. No soy profesora. Lo *era* hace cinco años, pero perdí el interés. Ya no sé qué estoy haciendo. —Vuelve a mirarme—. Y tú tampoco lo sabes.

—No hables por mí.

—No sabes actuar, Miles Platting. Te crees un buen actor, pero no lo eres. No pasas del estándar de clase B. —Empieza a caminar de nuevo—. Pienso que tendríamos que hacer algo juntos. Fuguémonos. Encontremos una isla remota, que no tenga el nombre de nadie. —Parece complacida con su propia sugerencia—. A la mierda con todo. ¡Vayamos a Costa Rica!

—Tendríamos que aprender español.

—Podrías colonizar Costa Rica. Podrías redenominarla Newcastle y hacerlos hablar como nativos de Tyneside. —Sonríe de sólo pensar en nuestra Costa-del-Tyne—. Podríamos encontrar un terreno y abrir un museo. O una galería de arte, o un teatro. Algo que ames. ¿Eso no te entusiasma? —No digo nada. Kendal prende un cigarrillo y abre la puerta—. Qué te parece… —Dibuja un arco iris con el cigarrillo—. *El Centro de*

Excelencia Romántica Percy Bysshe Shelley. —Gira para mirar la puerta abierta y exhala el humo. Empieza a caminar de nuevo. Se le ocurren otros nombres: *El mundo de Byron. Byron Burger. Instituto Wordsworth. El Ministerio de Silencio*—. Podríamos ser un par de locos, marido y mujer, que dirigen el lugar. Podríamos ser Adán y Eva. Antonio y Cleopatra.

—Enrique Octavo y Catalina de Aragón.

—Kendal y Miles. ¡John y Yoko! Metámonos bajo las sábanas y enseñémosle a vivir al mundo. —Levanta la colcha de *duvet* y desliza su cuerpo debajo—. Próximamente, Miles Platting, asesino del lenguaje, se transforma en Miles Platting, custodio del lenguaje... ¡custodio de la vida! —Se queda un rato acostada en la cama, mirando el techo con la boca abierta—. Libera a tu romántico interior, Miles. ¿Qué haría William Blake? —Se queda acostada un poco más, siempre sonriendo—. Amo este lugar. Es loquísimo.

Después baja y se sirve un vaso de agua de la canilla marcada *ambient*.

★ ★ ★ ★ ★

Vuelven al anochecer; rezuman optimismo, un glorioso regreso a casa después de haber ganado una batalla. Los oigo abrir latas de cerveza. Nigel me ve apoyado en la baranda de metal.

—¡Fue un gran éxito! —grita—. Conseguimos la Biblioteca y el natatorio. Todos están de acuerdo. Ni una sola voz disidente. —No puede parar de sonreír—. ¡Ven a tomarte una cerveza!

—Kendal está conmigo.

—Ah. —Su sonrisa se atenúa un poco—. Que venga también.

—Quizá dentro de un rato.

Retrocedo para que Nigel no pueda verme. En el cubículo, Kendal se da vuelta y se desviste, lo cual no debería parecerme extraño, pero me lo parece. Se pone mi camiseta sucia. Me gusta que use mi ropa. Me gusta que huela a mí. Encendemos una vela pequeña y barata, y después la usamos para encender las otras. Miro a Kendal y eso me hace olvidar lo que ocurrió entre nosotros. Es diferente mirarla bajo esta luz. Me recuerda los viejos tiempos. Aquí está, tomándome de la mano, llevándome a la cama. Vino a verme. Sabe que estoy perdido y sabe adónde necesito ir. Sigue con los dedos las costuras de mi camisa, frota el algodón. Yo no sé qué quiero, excepto ver qué ocurre. Kendal guía mis manos a su cintura, el anillo cálido y suave. Me permito ser contenido. Sería bueno que la vida fuera siempre así: un abrazo lento que te acuna. Kendal me desabotona la camisa y la arroja sobre la dura silla de pino. Levanta la colcha de *duvet* y nos metemos debajo. De vez en cuando se oye sonido de risas en el patio. Están jugando a las cartas o algo parecido. Nos decimos que no se están riendo de nosotros, por más ruido que hagamos.

12. Narcisos

Eden conocía bien el edificio. Tenía suficientes privilegios en su tarjeta magnética como para acceder a la mayoría de los sectores. Siempre era el más dispuesto para llevar y traer paquetes. Conocía todos los otros pisos; se tuteaba con las mujeres de la agencia de viajes, y a veces salía a beber con los de recursos humanos. Conocía una máquina de café en el octavo piso que tenía mejores granos que la nuestra. Conocía los nombres de los guardias de seguridad, los electricistas tercerizados y el hombre que venía a arreglar las filtraciones. Sabía cómo llegar al techo.

A veces me pregunto cómo habrán sido para Eden esos segundos previos a la caída. Debe de haber sido más difícil eso que el momento mismo de caer.

Estiro una mano y encuentro otra mano, que pertenece a la enfermera. Escribe una nota.

¿Se siente bien?

Las luces de la guardia están apagadas. Me encuentro en una habitación de hospital, totalmente a oscuras, y no puedo encontrar a Kendal. Estoy cubierto de hojas A4 manuscritas por mí. Kendal se reiría de todos mis papeles escritos, del raudal de conciencia que cuelga del respaldo de la cama. Escribo para preguntar si puedo hablar en voz alta porque no puedo narrar todo por escrito. La enfermera niega con la cabeza.

¿Cuándo me darán el alta?
Aún no está en condiciones de salir.

Miro las otras camas y tengo la sensación de que soy el único que está vivo. Los demás pacientes duermen, aunque no habría ninguna diferencia si estuvieran despiertos. El aparato de aire acondicionado interfiere con el silencio: es la cosa más ruidosa de la sala.

¿Ha visto a Kendal?

La enfermera niega con la cabeza. En lo que a mí respecta, Kendal podría estar corriendo por el hospital, buscando en todas las habitaciones a Miles Platting, presuntamente muerto. Podría haber regresado a Stella Artois y estar liderando una campaña de prensa en honor a mi memoria. Podría estar enojada y no querer volver a verme jamás. Podría estar haciendo un chiste negro. Podría saltar desde detrás de las cortinas y gritar: *¡Te atrapé!* Podría haberse enamorado de otro. Podría amarme todavía, y no saber cómo decirlo. Todo parece indicar que estoy sobreexcitado.

¿Puede ayudarme a encontrarla? Quiero hacer lo de Wordsworth…
Miles. Vuelva a dormirse.

No quiere escuchar más. No estoy siendo un buen paciente. Apoyo la cabeza sobre la almohada y me doy cuenta de que no podré dormir con todo este silencio. Sólo tengo energía para una cosa: permanecer despierto. Cierro los ojos y trato de imponerle un ritmo a mi respiración. No lo consigo.

—A la mierda con todo —digo en voz alta. A nadie, evidentemente. Me restriego los ojos para despejar el sueño. Me las arreglo para incorporarme. Junto las hojas de papel: cientos de palabras que expresan mi historia, a veces en forma de mensaje y a veces con un fluir poético que me produce orgullo leer. Bien hecho, Miles. Me pongo la bata y las pantuflas. No hago nada, suponiendo que alguien me acompañará al baño. No viene nadie. Miro a los pacientes que me rodean. No creo que lograra despertarlos aunque encendiera una motosierra. La mujer de la limpieza está en la guardia. Pasa el lampazo por el piso y parece encorvada a perpetuidad, como esos invertebrados que no han desarrollado la capacidad de erguirse. La luz del pasillo parpadea. Estoy en una maldita película de zombis. No quiero estar en esa clase de película. Quiero protagonizar una comedia romántica. Camino acompañando el sonido de los pasos de otro para que no me detecten. Parece haber una conmoción en una de las habitaciones; alguien grita y las enfermeras dicen "Shhh". Todas las enfermeras parecen haberse reunido allí. Escucho una cortina que se corre, y la puerta se cierra. Me dirijo a la salida de emergencia. Dice que la puerta está protegida por una alarma… empujo, y la alarma no suena. Salgo a un patio. Enfrente hay otro edificio en forma de U, de ladrillos rojos baratos. Sólo hay luz en una de las habitaciones. Me pregunto si Kendal estará allí, y si tendría que arrojar piedritas al vidrio para atraer su atención, como haría en mi comedia romántica. Podría abrir los brazos y decir: "¡Vayamos a Costa Rica!". Camino por el perímetro pavimentado, evitando el pasto húmedo. Un cartel azul hace referencia al Furness General Hospital. El edificio no parecía importante cuando llegué por primera vez: parecía un horrible hospital construido en los setenta, de ladrillos, igual que ahora. Unos metros más adelante hay un hombre de toga que sostiene una vela. Lo sigue una lenta procesión de hombres y mujeres vestidos con togas. Decido esconderme detrás de un arbusto y observar desde una distancia prudencial. Recorren un sendero a la luz de las velas… un grupo de hombres y mujeres en togas. Algunos sacuden campanas. Ninguno dice nada. Un poco más adelante está la cima iluminada con velas, una fuerza magnética que los atrae. Las velas guían el camino. Salen del colegio secundario. Hay una luz en la entrada, de donde parece provenir la procesión. Camino hasta la salida de la parte de atrás, que tiene una ventana iluminada. Me apoyo contra la puerta y tengo la sensación de que, si la abriera, perturbaría a los que están del otro lado. Me subo a una cornisa y espío por la ventana. Hay aproximadamente cincuenta personas sentadas en hileras, como si fuera una asamblea escolar. Algunos tienen mantas. De un proyector fijado al cielorraso sale un haz de luz. No puedo discernir qué ven, pero miran hacia la pantalla. Por el reflejo, parece una película en blanco y negro. Tiene subtítulos. Los hombres y las mujeres togados están parados contra la pared. Miran al público como si fueran supervisores de examen a la caza de estudiantes que quieren copiarse. Desde detrás del vidrio es difícil discernir sus caras. Miro un poco más de cerca, pero no hay diferencia. Empezando desde atrás, cada hilera recibe la orden de levantarse y salir cuando le toca el turno. Cada vez, el instructor togado toca el hombro del último de la fila. Todos se levantan y empujan las sillas hacia atrás, arrastrándolas contra el piso. El ritmo se acelera; la sala empieza a vaciarse y recuerda un simulacro de incendio. ¿Adónde van todos? Parecen encaminarse en la misma dirección. Por un momento me pregunto qué estoy haciendo parado sobre una cornisa y mirando el interior de un colegio secundario a oscuras. Es una extraña manera de pasar la noche. A mis espaldas, alguien sopla un silbato y tañe una campana. Sin perder el equilibrio, me doy vuelta. Justo abajo hay una especie de gnomo canoso que no resultaría para nada intimidatorio si no fuera por su pesada campana de bronce, que podría causar bastante daño. Sopla el silbato y señala el lugar donde quiere que me pare. Salto hacia atrás y mis pantuflas chapalean en el pasto húmedo. Sigue soplando el silbato, como si me hubiera descubierto en un escondite.

—Está bien, hombre. Tranquilo.

—Shhh —murmura, como si yo hubiera dicho lo peor del mundo. Sus ojos me dicen que está alarmado. Algo está mal y yo no tendría que estar ahí. Abro los brazos como si protestara a un árbitro de tenis que se ha equivocado. Nos miramos y no tenemos nada que decirnos. Él dice que no tiene papel.

—¿Y con eso qué? ¿Qué?

Lo único que puede hacer es señalar sus propios labios. Saca una radio de onda corta del bolsillo y golpea tres veces el parlante. Los tres golpes deben de significar algo: *Encontré a Miles Platting.* Diecisiete golpes deben de significar algo como *consíganme tornillos para la nueva estantería.* Sus ojos están clavados en los míos; me mira como si yo fuera un tipo peligroso que tiene un arma oculta. Otro hombre camina hacia nosotros: un hombre mucho más joven, de chaqueta fluorescente, que nota mi bata y mis pantuflas. También parece alarmado. Intenta comunicarse conmigo usando las manos. Cruza dos dedos y me muestra la palma. Hablamos lenguajes diferentes. Respondo encogiéndome de hombros. El tipo señala el edificio del hospital de donde salí.

—Ah, ¿quiere que regrese allí?

No dice "shhh"; se limita a mirarme como si fuera una pregunta estúpida. Mira al funcionario togado como para confirmar que soy estúpido. Regresamos caminando al hospital y entramos por la recepción. Señalan el felpudo para que me limpie el barro de los pies. Me siento un huésped no deseado, el idiota que arruina la fiesta. Me despido del funcionario togado, cosa que no le agrada. Entramos en el vestíbulo y el guardia busca a alguien con quien dejarme. El guardia parece pensar que debemos esperar, que sería grosero ingresar en el terreno de las enfermeras. Mira las revistas desactualizadas que están sobre la mesa con la esperanza de que yo quiera leerlas. Permanecemos callados hasta que llega la enfermera. Otra enfermera. Ni siquiera la ardilla gris. Se enjuga la frente y se palpa la espalda, como si se le hubiera dislocado un hueso. Me mira, el idiota recién llegado, otra cama desperdiciada, y mira al guardia para que traduzca. Yo miro de reojo las revistas. La mayoría tienen fotos de mujeres en la tapa: revistas para mujeres, con mujeres en la tapa, y revistas para hombres, también con mujeres en la tapa. El titular dice:

Veinte maneras de tener un cuerpo perfecto posbebé.

Creo que el compromiso del hospital con el silencio sería mejor honrado si exhibieran ejemplares de *David Copperfield* y *El maestro y Margarita.* El guardia mira a la enfermera y hace un gesto rápido con las manos. Ella asiente. Parecen llegar a la conclusión de que el guardia debe acompañarme a la sala de internación. Caminamos, cosa que me alegra hacer. Estoy relajado y sumiso, lo cual inhibe todo derecho a queja. Las luces zombis del pasillo todavía parpadean. Caminamos un poco más y la enfermera parece agitada cuando pasamos por una de las habitaciones. Acerca la oreja a la puerta. Desde adentro llega una voz lejana, tensa. Creo que dice: "¡Esto es una atrocidad!". Hay una conmoción, ruido de sillas arrastradas contra el piso. Gira el picaporte y sale otra enfermera, que parece venir de correr en la cinta eléctrica. "¡Quiero un abogado!" es el siguiente parlamento. El hombre grita que todo es una desgracia. Es lindo oír el idioma, el idioma real, el que se habla. Resulta grato tener un cómplice, un camarada, alguien que también piensa que este lugar es una locura. Quiero gritarle algo, para que sonemos como dos pájaros piando.

—¡Hola, hola! —Se produce una pausa de dos segundos. El hombre grita algo indescifrable. Necesito reunir más fuerza en los pulmones. Debo de haberme convertido de nuevo en un bicho subterráneo—. ¡Hola, HOLA!

La enfermera aplaude, un gesto improvisado destinado a distraerme. Mantengo los ojos fijos en la puerta. Llega otro grito desde adentro, pero las palabras son imposibles de distinguir. Es como si habláramos por un teléfono de lata. El guardia me pone una mano en el hombro, pero yo me lo sacudo de encima. Pienso qué diría Kendal en esta situación. Pondría una voz especial: la afectada Kendal.

—No pueden silenciar al corazón. ¡Por mucho que lo intenten! —El guardia me aferra el hombro y se convierte en un forzudo de club nocturno. Me lleva por el pasillo—. ¡Sáqueme las manos de encima, estimado señor! —Hay una sonrisa en mi cara, que no les gusta, aunque yo hablo en sonrisas. Caminamos por el pasillo; el guardia se detiene para mostrarme el letrero que dice *Silencio, por favor*—. Sí, ya lo sé. Silencio. —Decido decirlo en francés—. *Silence!* —Es una palabra francesa: *silence*. Pienso en otras palabras francesas incorporadas al inglés. *Fiancé. Debacle*—. ¿Podría decirme cómo pronuncia *debacle*? —El guardia suspira; ha sido un día largo. Me aferra del brazo y me da un pellizcón. No demasiado fuerte, pero pellizcón al fin. Me llevan a la sala y decido que es hora de cantar—. *¡Son sólo palabras, y las palabras son todo lo que tengo para conquistar tu corazón!*

—Shhh —dice la enfermera. Señala a los otros pacientes, como si cantar fuera una grosería de mi parte. Me muevo con gracia. Sostengo la cortina y la mantengo cerrada.

—*Laaaa lalalalaralal. ¡Tralalá lalá, lalá!* —El guardia me retuerce el brazo—. *¡Son sólo palabras, y las palabras son todo lo que tengo para conquistar tu corazón!*

Agito las manos como un director de orquesta cuando dirige la sección de cuerdas. Después hago una reverencia. Pero no tengo público. Tengo unas pocas palabras de los Bee Gees (posteriormente, Boyzone). Tengo un guardia y una enfermera, que están de brazos cruzados, y algunos pacientes de hospital cansados que quieren dormir sin que nadie los moleste. La enfermera parece estar a punto de llorar. Me atrevería a decir que le arruiné el cumpleaños. Podría llevar las cosas más lejos si quisiera. Podría causar cierto daño. Podría empezar a arrancar los cables de las máquinas; podría empezar a cantar ABBA. Entra la médica, seguida por la ardilla gris. Abro los brazos para decir:

—¡Congoja, destrucción, ruina y decadencia! ¡Lo peor es la muerte, y la muerte llegará!

Hago una pequeña rutina marcial, como si fuera el líder de una banda del ejército. Sigo caminando hasta que siento que he comenzado a deprimirlos a todos. La médica trae una silla y se sienta a mi lado. Me mira a los ojos. Escribe una nota breve y veloz que dice:

Yo creo en usted, Miles.

Me pone una mano en el hombro. Yo no tengo derecho a respuesta.

Pronto estará mejor.

Me mira sin desviar la mirada. Me pasa la bolsa de agua caliente que tiene a un costado. Observo al guardia y a la enfermera, que ya no parecen en ascuas; están aliviados porque no tienen que escucharme cantar. Observo a la ardilla, que me observa. No quiero sentirme como un alienígena. De verdad. Quiero vivir en el mismo planeta que ellos.

—Me voy a dormir —anuncio—. Quiero decir…

Me inclino sobre la hoja de papel que está sobre la mesa de luz.

Me voy a dormir.

Me deslizo bajo las cobijas. Estiro la colcha de *duvet* hasta cubrirme el pecho, y la doctora sonríe. Es una sensación agradable. Saco el antifaz del cajón de la mesa de luz, lo deslizo sobre mi cabeza y oscurezco el mundo. Estiro las piernas. Exhalo, cierro los ojos, y lo único que me impide dormir es lo mal que me siento por haberles arruinado la noche. *Laaa laralalála…*

★ ★ ★ ★ ★

Eden aterrizó en un contenedor de sal gruesa. Fue una suerte que nadie estuviera parado cerca. Cuando llegamos abajo, ya había alguien arrodillado junto a él. Todavía tenía la tarjeta magnética de personal colgada del cuello. No hubiera tenido ninguna posibilidad de sobrevivir. El impacto fue tan grande que nadie podría haber sobrevivido. Un gato, tal vez. Ptolomea. El técnico acostó a Eden boca arriba sobre el pavimento y gritó pidiendo ayuda. Eden fue declarado muerto *in situ*. Todo sucedió tan rápido como se podría esperar, en el sentido de que no había esperanza. Lo vimos desde la ventana, y supimos que no había esperanza.

Despierto de nuevo. Soy consciente de que estoy demasiado caliente. Estoy transpirando más de lo normal. Estoy acostado en mi cama de hospital, lo cual está muy bien, y es necesario. Estoy consciente, en pleno dominio de mis facultades. Miro a mis compañeros de habitación, que parecen tan comatosos como antes. Me gustaría ofrecerles mis disculpas, pero ellos no sabrían cómo recibirlas. Empiezo a pensar en el personal de enfermería y si tendría que escribirles una carta. Tendría que pensar que son humanas, y no robots que vienen a molestarme. Despertaré temprano y les escribiré una carta para explicar mi conducta. Escribiré sobre lo mucho que extraño a Kendal, y relacionaré con eso la mayoría de mis cambios de humor. Les preguntaré si podemos dar vuelta la página; literalmente, de hecho, para que yo pueda terminar la historia. Les debo eso, por lo menos. Me gustaría hablar sobre quiénes somos, y con qué estamos comprometidos. Podríamos hablar del silencio.

13. La niebla sobre el Telire

—¿Estás entusiasmado? —Kendal se sienta sobre la valija para poder cerrarla—. Hace años que no te veo sonreír así… ¿Estás entusiasmado?

—Lo estoy.

—¡Sólo di que estás entusiasmado!

—¡Estoy entusiasmado!

—*Más tico que el gallo pinto.*

Me alegra que todavía lleve puesta mi camiseta. Me recuerda cómo solían ser nuestras mañanas. Tiene el pelo aplastado en algunos sectores, debido al colchón duro y la almohada casi desprovista de plumas.

—¿Sabías que más del diez por ciento de todas las mariposas del mundo viven en Costa Rica? —Empieza a ordenar la habitación como si se estuviera preparando para irse ahora mismo—. Es uno de los lugares más felices del planeta. Y no tiene ejército.

—Las mariposas nos protegerán.

Kendal recorre la habitación, observa el estante de libros vacío. Se queja de la falta de luz y entreabre la puerta. Yo me quejo de la luz. El cubículo no admite más de una persona. No tiene las dimensiones necesarias como para una estadía agradable. Kendal palpa el interior del bolsillo de su chaqueta y saca algunos tickets del supermercado.

—¡Sandalias! —Escribe *sandalias* con un bolígrafo mordisqueado—. Y anteojos de sol.

—Y un pasaporte para mascotas.

—¿Dónde vamos a conseguir anteojos de sol en Barrow-in-Furness?

—Birdseye.

—Miles. No te salgas del guion. Has hecho suficiente daño para toda una vida. No vas a pasarte otros cincuenta años arruinando el mundo. —Me apunta con el bolígrafo—. ¡Bronceador!

—Sí, señorita.

Extiende el brazo y me lo muestra.

—Míranos. Estamos tan pálidos que damos asco.

—Racista.

—Necesito un poco de sol, Miles. Demasiado tiempo en esta isla vuelve loco a cualquiera. —Camina de un lado a otro y entrecierra los ojos como quien ha perdido algo. Levanta la esquina del colchón—. Aros —dice para sí misma—. Cualquiera diría que es imposible perder algo en esta habitación. Sólo mide dos metros de largo. —Llega a un ángulo, una incursión afortunada, y extrae la carta de Eden—. ¿Es tu discurso?

—Sí.

Se la arrebato. Quiero cambiar la frecuencia. Comento que Nigel nos pasará a buscar en segundos.

—Creo que tendríamos que llamarlo Instituto Wordsworth.

—Kendal se despatarra en la cama como si fuéramos a acostarnos de nuevo—. Una biblioteca de infinita sabiduría curada por Miles y Kendal… más invitados especiales. —Está acostada boca arriba con los brazos en forma de ángel—. Habitaciones disponibles. Nada de fotos con flash. Lenguaje fuerte.

—¿Puedo hacer sidra?

—¡Sí! Bravo, Miles. Estás entendiendo. Puedes pisotear todas las manzanas que quieras. Y seremos libres. ¡Libres como un par de pájaros que vuelan alto!

Reconozco los golpes en la puerta porque vienen de un puño flojo.

—Todo bien, compañeros —dice Nigel. No establece contacto visual con Kendal—. No estoy interrumpiendo nada, ¿verdad? —Nigel carece de tacto para saber cuándo interrumpe, lo cual significa que interrumpe todo el tiempo. No parece cómodo con el hecho de que Kendal sólo vista camiseta y bombacha—. Llegarán en cinco minutos. —Lo que Nigel quiere decir es que tendríamos que vestirnos y dejar de perder el tiempo. Le gusta ser grosero de manera cortés—. ¿Escribiste un discurso?

—No. Quiero decir que…

—Bueno, entonces piensa algo lindo para decir. No le dan el Golden Submarine a cualquiera. Es su equivalente de la Légion d'Honneur.

Pone cara de *¿al menos me estás escuchando, Miles?* Suelta una carcajada y trata de bromear al respecto. Kendal se limita a mirarlo. Nigel está parado en la puerta, un gruñón envarado que nunca sabe cuándo irse. Nota nuestra falta de interés y ahora su cara dice *Mejor los dejo solos*. Cierra la puerta lo más silenciosamente que puede.

Kendal me mira.

—Es un hombre raro, ¿no?

—Sólo necesita una novia.

Abre la canilla y se lava la cara en la pileta. No quiere usar la ducha comunitaria, que implica una larga caminata descalza sobre las piedras. No quiere participar en ninguna conversación con una toalla por único atuendo.

—Bueno, ha llegado tu oportunidad de arrepentirte, señor Platting. Ya no quieres seguir siendo un tipo nefasto. Sólo diles que te vas. Que necesitas fundar el Instituto Wordsworth. Costa Rica te llama. —Kendal abre el cajón y saca una de mis camperas con capucha—. No tienes que abdicar de tu maldito trono. Sólo tienes que darles las gracias a todos y admitir que todas las cosas buenas llegan a su fin. Y las malas también.

Nigel grita:

—¡Un minuto, todos abajo!

Kendal saca unos jeans.

—De acuerdo. Beberé un poco de Prosecco. Después quiero verte aquí a las dos. Nos vamos. ¿Trato hecho?

Tiene la frente arrugada: frunce el ceño anticipadamente por si se me ocurriera decir que no. Pero digo:

—Trato hecho.

—¡Fantástico! —Quita pelusas de las sábanas, sospecha de la transpiración—. Antes no transpirabas tanto. —Sonríe como si recordara algo—. Tampoco me habías contado sobre tu lunar. Su manera de mirarme indica que debo ofenderme. Me ha visto desnudo, en un contexto nuevo, y utiliza ese detalle como si tuviera una prueba en mi contra.

—Siempre lo tuve.

—Nunca lo vi.

—Siempre estuvo en el mismo lugar.

—Supongo que teníamos la costumbre de apagar la luz.

★ ★ ★ ★ ★

Nuestra salida a la luz es el pie para que todos nos miren. Aquí estamos, como una pareja de recién casados en un balcón. Dominamos su atención. Somos la cosa principal en que focalizarse. Lo siguiente que vemos es a Nigel empujando una mesa; le ordena al encargado del *catering* dónde poner los *satays* de pollo. Los constructores están remodelando las paredes de la cantina para que sea un lugar más abierto. Detrás de una línea de cinta hay una playa improvisada y un gazebo donde los espónsores pueden beber. Darren ayuda a despejar la mesa para que uno de los asistentes pueda distribuir las ensaladas. La organización es típica de nuestras fiestas de afiliación: invitamos a los servicios de *catering* locales a servir aceitunas y a firmar la paz. Ponemos en escena una bienvenida para los funcionarios de la ciudad, los espónsores, los grupos comunitarios y la prensa. El propósito es lograr una resolución: un traspaso oficial que permita a Birdseye sobrevivir sin nuestra supervisión. Es la "misión cumplida", una palmada en la espalda. Bajamos por la escalera justo cuando llegan los taxis.

Una camarera, a la que pronto le dolerán las mejillas de tanto sonreír, nos ofrece sendas copas flauta de champagne. Parado en el perímetro, Nigel recibe a cada invitado con un apretón de manos. Un hombre apoya la caja de su guitarra sobre los guijarros, junto al estanque de piedra; hay una batería armada al borde del espigón. Alguien sirve salmón ahumado sobre pan de centeno. A un tipo como Darren no le cuesta mucho relajarse y, por el bien de la ocasión, fingir que lo pasa bien. Parece que la mayoría de las personas pueden entablar conversación sin necesidad de presentaciones formales. Kendal habla con varios de los concejales, que parecen hechizados aunque un poco confundidos. Le pregunta al diputado local cómo se gana la vida. Se ríe cuando se entera. No les saca los ojos de encima a los hombres y las mujeres que llevan prendedores de Birdseye en las solapas. Quiere meterse en sus mentes. Quiere saber por qué despertaron una mañana y quisieron redenominar Barrow-in-Furness en honor a la más grande compañía de comercialización de pescado congelado. Se pone a charlar con nuestro equipo de localización; hablan de la transcreación, y de si es posible o no traducir fielmente una lengua. Kendal habla de Joseph Conrad: dice que leía en francés, pensaba en polaco y escribía en inglés. Todos se ríen y Kendal pasa a ser, oficialmente, *una de ellos*. Kendal les pregunta por sus puestos dentro de la compañía y parece incapaz de prestar atención más de cinco segundos sin hacer una pregunta rimbombante: casi siempre sobre el dilema ético de trabajar en una empresa cuyo objetivo es la venta de la lengua inglesa. Ellos no saben cómo responder. No los entrenaron para esta pregunta en sus clases de reclutamiento.

—Digo, es esperable que un individuo como el queridísimo Miles Platting se consagre por completo al mal, pero ustedes parecen seres humanos responsables.

Después concentra toda su atención en los canapés: adora los boquerones y se nota.

—¿Cuánto le pagan? —le pregunta a la camarera.

A Nigel le resulta difícil cumplir su deber mientras Kendal sigue hablando. Me mira como para confirmar si puedo escuchar lo que dice. No le gusta que Kendal tenga la facultad de hablar. Piensa que habría que hacerla callar. Cada cierto tiempo mira en mi dirección para indicar que realmente tendría que intervenir; no puedo permitir que Kendal arruine el espectáculo. Me encanta merodear y observar desde lejos. Una parte de mí quiere gritar a voz en cuello que todo es una farsa. Quiero que la gente sepa que Lingua Franca es peor de lo que imaginan, que Eden era el mejor empleado que tuvimos, y que Costa Rica está allí donde está.

La mayoría de nosotros nos las hemos ingeniado para mantener a Kendal a prudente distancia del gazebo. Avanza en línea recta hacia el alcalde de Birdseye; ante tamaña audacia, Nigel le obstruye el paso.

—No creo que sea buena idea.

—Oh, perdona, Nigel. Me estás obstruyendo el paso.

Nigel levanta los brazos como un rehén, una extraña manera de demostrar su rechazo a golpear a una mujer, o algo por el estilo. Ella le hace cosquillas en la panza. Él retrocede y grita:

—¡Miles!

No me queda más remedio que involucrarme. Soy parte de la discusión. Kendal se lleva una mano a la frente y hace el papel de una damisela en apuros.

—Oh, señor Platting. Venga a salvarme de este comisario de Nottingham.

—Miles…

—Querido Nigel. Sé que esta fiesta disparatada y loca significa horrores para ti. ¿Pero no has dedicado un solo pensamiento al escabroso asunto de tu legado a la humanidad? —Kendal camina en círculos alrededor de Nigel. Nigel se ve obligado a seguirla—. Habrás ganado muchísimo dinero, comisario, ¿pero qué le ocurrió a tu alma?

134

Nigel me mira fijo durante suficiente tiempo como para que me pregunte razonablemente por qué me mira fijo. Es mi turno de decir algo. Quiero hablar alto para que escuchen, pero sólo unos pocos elegidos.

—Creo que ella tiene razón… ¿no les parece?

Miro los guijarros y los pies de las personas. Sé que Nigel me estará mirando. Sé lo que estará intentando expresar su cara: incredulidad. Kendal sube a la plataforma de madera. Habla en voz alta y sonora, como una actriz.

—Es una lengua muy rica, comisario, pletórica de mitologías de fantasía y esperanza y autoengaño: una opulenta sintaxis atiborrada de mañanas.

Nigel apunta con el dedo a Kendal.

—¡Baja de allí y deja de molestar!

—¿Alguna vez te abrazaron, Nigel? Digo, si te abrazaron de veras…

—¡Miles!

—¿No soy lo suficientemente respetuosa? Pido disculpas.

Baja del escenario y bebe un sorbo de champagne.

Retrocedo para atraer la atención de la camarera y distraerme con una conversación sobre distintos tipos de queso. Nigel mira a su alrededor, como evaluando sus opciones. Cuando comprende que no voy a participar, parece relajarse. Nota que la gente está mirando: las conversaciones se diluyen y todos empiezan a escuchar. Nigel toca el hombro de Kendal como si fueran dos amigos que comparten una charla.

—Dime qué crees que debemos hacer, Kendal. Me encantará escucharlo.

Parece preferir la idea de hablar con Kendal a permitir que derive a su antojo. Quiere detener el virus. Un miembro del equipo de relaciones públicas me conduce a una pequeña reunión de mujeres, todas con camisetas púrpuras con un logo que dice *Birdseye for the Blind*. Qué maravilla: Birdseye para los ciegos. Una de las acompañantes me presenta a una joven ciega. Extiendo la mano para que pueda tocarla. Miles Platting cura a los ciegos. Me miran como si yo fuera un actor famoso y hubieran venido a saludarme entre bambalinas. Algunas parecen tímidas; otras se ríen. Preguntan cómo salió el evento desde nuestra perspectiva, lo cual me recuerda que supuestamente debo fingir alguna clase de interés en el asunto. Les digo que salió bien. Parecen contentas de que haya salido bien.

—Oh, es maravilloso conocerlo —dice una—. Sólo queríamos agradecerle por haber venido a nuestra ciudad. Necesitábamos una inyección de ánimo, y usted la ha aplicado.

Mantengo las manos cerradas sobre las de la joven, que sonríe. A mis espaldas escucho que Kendal grita algo sobre la injusticia. Nigel dice que ella no conoce el significado de esa palabra.

—Gracias a Lingua Franca, ahora contamos con fondos del Concejo para pagar tecnología de asistencia y coordinadores —dice la acompañante—. Usted no tiene idea de la diferencia que han hecho.

—Gracias. Siempre tan amable.

Hablan de nuevas oportunidades y de la importancia de contar con fondos en firme. Esperan poder dictar talleres sobre discapacidad visual y entrenar perros guía. Por encima del hombro oigo a Kendal decir que Nigel tiene un corazón de piedra.

—¡Miles! Ven aquí, por favor.

Pongo una cara que sugiere que no tengo el menor deseo de abandonar la conversación, pero estoy profesionalmente obligado a hacerlo. Deciden soltarme la mano.

—Vaya, Miles. Sabemos que es un hombre ocupado. Fue maravilloso conocerlo. Y felicitaciones. Merece totalmente ese Golden Submarine.

La camarera ofrece más champagne, y ellas parecen pensar que todo lo que ocurre es fabuloso. Las miro estrechar manos con los espónsors, que parecen conmovidos por la situación.

Me atrevo a decir —y yo jamás *me atrevo a decir* nada— que los espónsores están al borde de las lágrimas. Este es su regalo. Y es un regalo que pocos podrían hacer. Kendal no podría. En cierto modo, es parte del paquete: le das tu nombre a una ciudad y haces una diferencia. A cambio de su nombre, pueden ayudar a construir caminos, limpiar ríos y confortar a los ciegos. Pueden construir un mundo donde el cinismo y el amor encuentran su unión perfecta. Ay, Dios…

Me doy vuelta y veo a Kendal clavando el índice en el pecho de Nigel.

—Vete al diablo. —Las palabras salen de la boca de Kendal—. Al diablo con Lingua Franca. —Nigel trata de reír, pero Kendal no se lo permite. No da la impresión de estar haciendo una broma—. Has ganado muchísimo dinero, pero no tienes alma.

Nigel pone cara consternada, empresarial, la misma que pondría con un cliente grosero.

—Señora Platting, me remito a los hechos. Nuestras ciudades y pueblos tienen las mejores escuelas. El mejor cuidado infantil. Los mejores cuidados en la última etapa de la vida. La mejor salud y la mejor nutrición. Los mejores caminos y ferrocarriles. Los mejores lugares donde comer y beber. Y si no me cree, pregúntele a su marido.

Los dos me miran al mismo tiempo; los dos quieren mi respaldo, como si fueran niños pendencieros que compiten por la aprobación de su padre. Por una vez, valgo algo. Soy una mitad de Lingua Franca, y una mitad de lo que alguna vez fue un matrimonio.

Los miro a ambos y digo:

—Dejaré que ustedes resuelvan solos sus diferencias.

Kendal nota que no parezco tan entusiasmado como probablemente tendría que estarlo. La expresión de mi cara revela eso que Kendal no querría ver: indiferencia. Ella está tratando de iniciar una revolución y yo sólo traje una pistola de agua.

—¿Puedo robarles un minuto de su atención, por favor? —dice el alcalde de Birdseye. Instintivamente, todos miran al alcalde y piden silencio. El alcalde se pone los anteojos para leer de una hoja de papel—. Nada me da más placer que estar parado aquí frente a ustedes en esta ocasión tan especial. No es necesario decir que Barrow, tal como era, jamás será olvidada. Antes éramos una ciudad orgullosa, y ahora estamos más orgullosos todavía. Hoy nuestra ciudad es sinónimo de una marca de primera categoría a nivel mundial, y esperamos estar a la altura de los estándares de excelencia que han dado renombre universal a Birdseye. En particular, quisiera expresar mi gratitud a dos personas. Nigel, cuya determinación y rigor no nos dejaron dudas sobre la viabilidad de este proyecto. Y Miles, cuya visión y creatividad están contribuyendo a transformar ciudades y pueblos a lo largo y a lo ancho del país.

Pide que Nigel y yo subamos al escenario y aceptemos el premio Golden Submarine por nuestro arduo trabajo. El aplauso nos lleva en andas. Es más fácil para Nigel, que vive para estas cosas. Yo escruto la multitud y veo a Kendal, que está de brazos cruzados. Dejo que Nigel vaya primero. Nigel estrecha la mano del alcalde, que le cuelga una medalla del cuello. Su asistente le pasa otra medalla y el alcalde me la cuelga del cuello. Aquí estamos, el viejo equipo: Nigel y Miles, los Lennon y McCartney del mundo de los derechos de denominación. Yo aporto la visión y él aporta la perspicacia comercial. Los dos juntos forjamos la mentira. Nigel me da un codazo en las costillas para que miremos en la misma dirección: hacia las cámaras.

—Muchas, muchísimas gracias —dice Nigel. Empieza con un agradecimiento a los habitantes de Birdseye-in-Furness—. Quedamos muy conmovidos con la calidez y la hospitalidad demostradas por esta gran ciudad de Cumbria —dice—. Nos sentimos honrados por haber creado un legado que permitirá crecer a Birdseye. La ciudad será más próspera, se sentirá más confiada, más segura respecto del futuro. Uno de los grandes privilegios de nuestro trabajo —prosigue diciendo el imbécil— es que podemos visitar distintas partes del país y apreciar el rico tapiz de culturas de nuestra isla coronada. —Sí, cita a Shakespeare—. Juntos podemos esperar un nuevo y radiante amanecer para Birdseye-in-Furness. El mañana de Birdseye será más brillante que el presente. En cuanto a Lingua Franca, estamos haciendo historia: a lo grande. Hemos llegado al momento crítico, el momento en que Lingua Franca se convierte en una institución nacional. Sólo es cuestión de tiempo para que consigamos un cliente de primerísima categoría: un Oxford o un Bath. ¡Vuelvan a los escritorios de sus oficinas y prepárense para Sunderland!

Aplauden, pero no saben por qué. Nos aplauden por existir. Me entregan el micrófono. Nigel me mira, ansioso por identificar alguna clase de razonamiento en mi cara. Quiere saber qué estoy pensando, y si todavía estoy en condiciones de seguir adelante. Echo un vistazo al público y veo a Kendal parada cerca del mar.

—Gracias a todos.

Alguien grita.

—¡Adelante, Miles!

Miro las rocas, el raro azul del cielo y la ciudad a lo lejos. Intento hacer un chiste sobre no haber ganado nunca nada en mi vida, pero me trabo con las palabras y tengo que repetirme. No tengo nada que decir, así que miro el Golden Submarine, que es exactamente eso, un submarino, aunque probablemente no de oro. Se espera que diga algo agradable, lindo de escuchar. La expresión facial de Kendal dice *no te atrevas*. Nigel parece temer que se me caiga el micrófono. Frente a mí están las mujeres de *Birdseye for the Blind*. Una de ellas está grabando mi discurso con su teléfono celular. Podría decir casi cualquier cosa y ellas aplaudirían. Parecen estar orgullosas de mí; quieren darme un abrazo. Siento que la mano se me entumece y la meto en el bolsillo.

—Gracias a todos por este premio. Me he quedado sin palabras. Literalmente… —Si Nigel estuviera lo suficientemente cerca, me pisaría el pie—. Iniciamos este negocio con Nigel hace cinco años, y si alguien nos hubiera dicho que redenominaríamos casi setenta ciudades del Reino Unido, no creo que… bueno, estoy seguro de que no le habríamos creído. —Trato de no mirar a nadie. Tengo la sensación de estar dando un discurso en mi propio funeral. Aquí yace Miles Platting, que amaba la vida, y el lenguaje, y así y asá—. Me gustaría dedicar este premio a Eden, nuestro colega recientemente fallecido. Lo extrañamos muchísimo. —Todos aplauden, incluso Kendal. Parezco haber dado en la nota correcta—. Así que gracias a todos. Dios los bendiga. Y larga vida a… Birdseye-in-Furness.

Todos comienzan a aplaudir. No es del todo injusto que me lleve los aplausos. No querría que Nigel se llevara todo el crédito. Vamos a medias, a todo o nada. Miro a Kendal, que parece deprimida: tiene los hombros caídos. Y la cabeza gacha. Ella no me mira. Huele la mentira. Sabe cuando no quiero decir lo que estoy diciendo. Si estuviera más cerca, me diría que ya basta. Me clavaría el codo en las costillas. Mi objetivo es llegar a Kendal y evaluar el daño. Lo que lo hace más difícil es el enjambre de cuerpos que me obstruyen el camino: todos quieren estrecharme la mano. Parece que estrecho la mano de alguien cada cinco segundos. La gente dice: "bien hecho" y "felicitaciones". Yo hago lo imposible por parecer agradecido. Mi sonrisa se las ingenia para no borrarse. Los voluntarios parecen haber cobrado vida: este es su gran momento. Me conducen a un recinto de prensa detrás de un cartel publicitario. Escenificamos un apretón de manos y alguien toma una foto. Hay una fila de funcionarios del Ayuntamiento esperando para hablar conmigo. Quieren estrecharme la mano por turno. Me presentan al consejero parroquial. Empiezo a perder el foco.

—Usted ha iniciado una revolución —me dice—. Ha demostrado que los ayuntamientos pueden ajustar los gastos y sobrevivir. —Habla de las potenciales inversiones de las multinacionales, las compañías de desarrollo inmobiliario y las corporaciones cuyos nombres se expresan en siglas. Todos quieren tener un pedazo de Birdseye: una excitante Área de Oportunidades. Por su parte, el Ayuntamiento necesita el dinero para construir colegios para los dos últimos años de preparatorio y centros de salud, siempre con el logo de Birdseye grabado en la pared—. ¿Usted sabía que la antigua Barrow alguna vez fue conocida como la Chicago inglesa? —me dice—. Eso es lo que necesitamos recrear.

—Me parece muy bien.

Parezco al borde del berrinche. Creo que mi interlocutor lo confunde con seguridad en mí mismo. Piensa que estoy acostumbrado a los elogios, que muero de ganas de llegar a la próxima ciudad.

Uno de los voluntarios dice:

—Por aquí, por favor. Tenemos que tomar algunas fotos.

Nos llevan a caminar por la playa: un recorrido honorífico. El paseo nos conduce al perímetro del lugar, lejos de nuestra unidad de base, hacia un estanque de piedra y una pequeña cueva. Si fueran las fotos de un casamiento este sería el jardín secreto. El fotógrafo nos pide que nos paremos con el Devonshire Dock Hall de fondo. Intento sonreír lo mejor que puedo. En algunas de las fotos probablemente miro en la dirección equivocada, trato de ver adónde se fue Kendal.

—Hiciste un buen trabajo —dice Nigel, en la hilera detrás de mí—. Sólo sigue sonriendo.

★ ★ ★ ★ ★

Después de la fiesta, la mayoría del ruido proviene de los encargados de la limpieza y del murmullo de los que están sentados bajo el toldo. La fiesta ya no es una vibración bulliciosa: es más como un *chill-out* alrededor de una fogata, con vino tinto, luz de velas y los acordes sutiles que extrae alguien que ha traído una guitarra acústica. Nigel aplaude y convoca a una *sesión de expresión*. El equipo se reúne según las tribus departamentales. Parecen nerviosos por haber sido convocados sin previo aviso. Nigel sonríe y dice que ha sido una gran semana para Lingua Franca.

—Estoy orgulloso de lo que logramos, y de lo que logramos juntos —dice—. Todos ustedes han encarnado el espíritu de Lingua Franca en cada etapa de este viaje.

Me excuso diciendo que debo ir a buscar a Kendal. Nigel levanta el pulgar, un extraño gesto de apoyo de su parte. Empiezo a caminar y lo único que sé es que no quiero ver, nunca más en mi vida, otra *sesión de expresión*. Es lo peor que existe en el mundo, o le pasa rozando. Es lindo caminar a orillas del agua sin tener que posar para las fotos. El agua no rompe ni lame las piedras: parece satisfecha con su plana normalidad. Desde esta distancia, la ciudad podría estar en cualquier parte. La luz de los faroles puede lograr que la ciudad más fea parezca hermosa. Las luces de Los Ángeles no son tan diferentes de las luces de Birdseye. Miro atrás, hacia la fogata, donde todos escuchan la descripción que hace el equipo de prensa sobre los logros del día. La próxima vez será el turno del equipo de tecnología informática: reportarán un máximo en el tráfico, miles de nuevos *backlinks* y un alto volumen de búsquedas cuya palabra clave es "Birdseye-in-Furness". El equipo contable dirá que los negocios marchan como de costumbre, y que estamos bien encaminados para hacer el pronóstico de las ganancias en diciembre. Nigel asentirá todo el tiempo, y de vez en cuando hará un chiste. Da la impresión de que hubiéramos ganado la guerra, y efectivamente es así. Le hemos mostrado a esta ciudad que tiene algo valioso, como si hubiéramos descubierto una fuente de aguas termales que hasta entonces permanecía escondida. Estoy seguro de que Nigel podría esgrimir un gráfico y hacer que parezca que todo se logró sin mayores esfuerzos. Todo se reduce a dinero. Y si no, pregúntenle a *Birdseye for the Blind*. Pero no parece ser una victoria como Nigel cree que es. Si fuera una victoria, todos los habitantes de la ciudad estarían felices. Es maravilloso tener dinero en el banco, pero nadie recuerda las deudas que pagó cuando está en su lecho de muerte. Si eres un atleta a punto de cruzar la línea de llegada, no pegas puñetazos al aire y piensas en los acuerdos con los espónsores. El superávit del presupuesto no da alegría; lo que da alegría es la vida misma. Esta es la mejor manera de avanzar. Al estilo romántico. Apróntate para ir a Costa Rica, o al Instituto Wordsworth, mirando los narcisos en el jardín del frente.

Camino lo más lejos que puedo sin salir de nuestra unidad de base. Decido que, si camino más, podrían salir a perseguirme. No tiene sentido apegarse demasiado a nuestra fortaleza, ya que dentro de poco dejará de existir. En la mañana los constructores desarmarán los cubículos, los colocarán en un camión y los llevarán a la próxima ciudad. Las unidades de cocina serán almacenadas y reutilizadas en Sunderland o Dunstable. La basura será retirada, y trataremos de dejar el lugar tal como lo encontramos (después de haber tomado fotos para nuestro sitio web). En una ciudad más próspera, los cubículos podrían haber sido transformados en un hostel para jóvenes, o un espacio de arte temporario, pero Birdseye todavía no ha llegado a ese punto.

El nuestro es el único contenedor con la luz encendida. Imagino que un par de horas bastarán para ganarme el perdón de Kendal. Espero que esté acostada sobre el colchón, mirando el techo. Si hubiera dónde hacerlo, compraría un ramo de flores y una botella de vino. Haría alguna clase de gesto. No es lo mismo que agarrar una botella de cerveza de la heladera y llevarla arriba. Mientras subo la escalera y golpeo a la puerta del cubículo, cada vez me convenzo más del inequívoco genio de Kendal. Entro y veo que ha tendido la cama. Se puede abarcar toda la habitación de un vistazo. Ha retirado su chaqueta del respaldo de la silla y ya no están sus zapatos junto a la puerta. Su pequeña valija con ruedas ha desaparecido. Abro el cajón y encuentro mi suéter doblado, que todavía huele a Kendal. Levanto la almohada, un gesto que parece fútil incluso mientras lo estoy haciendo. Llamo a su celular y no suena. Me siento en la cama y me doy cuenta de que ni siquiera tengo un televisor que me haga compañía. No tengo nada, salvo una habitación pequeña y vacía y una cama hermosamente hecha. Hay una nota pegada en el espejo. Reconozco la letra:

Altho' the night were ne'er sae wild,
And I were ne'er sae weary O,
I'll meet thee on the lea-rig,
My ain kind Dearie O.

Arranco la nota y mi reacción instintiva es llevármela al pecho. Si la aprieto fuerte, Kendal volverá. Y si Kendal no vuelve, no sé qué haré. Trato de imaginar lo que Kendal querría que hiciera. No encuentro respuesta.

Están parados en torno de la fogata y expresan sus opiniones sobre objetivos de venta y *company socials*. En ese momento, siento que no sería malo que todo desapareciera. Sería bastante parecido a lo que nos merecemos.

14. Haribo macht Kinder froh

—¡Miles! Ya es hora de levantarse.

Me resulta difícil juntar fuerzas para salir de la cama. Es duro reunir la energía necesaria. El cubículo es el lugar donde prefiero estar. Estoy más que satisfecho con el escritorio sucio y con mi ropa sucia en la silla. Me siento cómodo con mi propio olor. Afuera, en el frío, llevan cajas y empiezan a cargar el camión. Se supone que debo empacar, pero no me siento motivado para armar mi valija. Quiero que mi ropa se quede en el cajón y que todo permanezca tal como está. Quiero que las tazas de café se laven solas. Sobre la mesa está la carta de Eden en su sobre. La guardo en el bolsillo de mi chaqueta y resuelvo leerla en otra ocasión. Hoy no. Hoy es un mal momento. Me pongo la chaqueta. Bajo la escalera y de inmediato atraigo la atención de Nigel.

—¡Miles! El ómnibus llegará a las diez. —Le digo que ya empaqué —mentira— y que voy a dar una caminata corta. Nigel ignora mis palabras y desvía su atención hacia el ocioso equipo de ventas. Todos sostienen una taza de café de papel—. Vamos, muchachos. ¡No tenemos todo el día!

El día de salida siempre es complejo. Sabemos lo que hay que hacer, pero tenemos muy pocas ganas de hacerlo. Tendemos a pasar la mayor parte del tiempo hablando de logística, por ejemplo quién levantará qué cosa y quién se llevará la cerveza sobrante a su casa. Como no recibimos ninguna visita, no tenemos que bañarnos, y podemos ponernos la ropa que se nos antoja. Todos llevan su peor ropa, buzos sucios y pantalones de jogging. Nadie sonríe mucho porque ya no es una obligación profesional. Ya no necesitamos sacar fotos. Hicimos algo bueno y ya no necesitamos que nos lo recuerden. Vinimos, redenominamos, vencimos. La historia será nuestro juez, y si el éxito histórico se mide por la cantidad de nuevas cafeterías, dirán que fuimos revolucionarios. Nigel empieza a tomar asistencia; parado con un anotador, dice nombres en voz alta. Camino sobre las piedras sin que nadie se dé cuenta y trepo la roca empinada donde fui con Darren. El largo recorrido junto a la orilla todavía no tiene una cafetería, pero la tendrá. Parecen haber empezado a trabajar para convertir el antiguo cine en un edificio de departamentos. Me recuerda los mapas que creamos: la sección sombreada de las Áreas de Oportunidad lentamente cobra vida. Habría que transformar la calle entera en otra cosa: los edificios son elegantes, robustas construcciones victorianas. En la mayoría de las otras ciudades pondrían *pâtisseries* y tiendas de tejidos. Entonces se me ocurre que la belleza de la ciudad radica en que fue planeada para otra época: los cines, los baños públicos y los clubes de caballeros fueron pensados para estar llenos de gente. Se suponía que habría público para todo. Las fábricas cerraron, su producción dejó de ser útil, y los cines y baños públicos quedaron en la ruina. Se transformaron en fósiles. La Chicago inglesa se convirtió en la Detroit inglesa. Tendría que ver la ciudad por última vez. Tendría que visitarla a solas, para escuchar lo que sus habitantes quieran gritarme. Parece justo que me maltraten por última vez.

Llego lo más lejos que puedo hasta que necesito comer un sándwich de tocino. El hombre que atiende el café lo prepara detrás del mostrador. Le pregunto si puede sacar la grasa de los bordes. Me mira como si yo me hubiera olvidado de algo. Nos miramos. Tomo su silencio como un acto de desprecio. Me importa un bledo, siempre y cuando obtenga mi sándwich de tocino. Espero un poco más y el tipo comienza a retirar la grasa. Marca los números en la caja registradora. El precio está allí para que yo lo vea. No necesitamos hablar de eso.

Camino por la calle y me pregunto adónde podría ir. El pub es una buena opción. Entro al Pig & Thistle, donde casi nos matan. La falta de gente hace que parezca más grande que la última vez, y decorado con peor gusto aún. No había notado la alfombra enrulada en los bordes. No hay nadie esperando en la barra, y nadie viene a atenderme. En la única mesa ocupada hay dos caballeros leyendo el diario. Uno de ellos señala un artículo... el otro asiente. Nadie quiere hablar conmigo. Es como si yo oliera mal y todos fueran demasiado corteses como para hacer comentarios. En un rincón reconozco a la camarera que ama a los perros y odia a la humanidad. Está colgando una lámina, tarea que considera más importante que atender a Miles Platting, el asesino del lenguaje. Espero que diga "Enseguida estaré con usted", pero lo único que hace es mirarme y cortar otro trozo de cinta adhesiva. Recoge cuatro vasos con una mano, usando los dedos como pinza de grúa para levantarlos. No se apresura en volver. Me asomo sobre la barra y pido una cerveza con limón, pero con gaseosa sabor limón en lugar de limonada.

—Tiene menos calorías —explico.

Me mira como si la hubiera mandado a la mierda. Saca un marcador negro de un cajón y anota los próximos partidos de fútbol en un calendario. Después usa el mismo marcador para redactar la siguiente nota:

No servimos cerveza con limón.

No parece estar bromeando. Lo raro es que no hable, pero lo atribuyo a un dolor de garganta.

—Mire. Me estoy yendo de Birdseye. Sé que empezamos con el pie izquierdo... —Me mira, lo cual es un progreso, pero no se digna abrir la boca—. Sé que nunca seremos amigos, precisamente. Pero espero que su comunidad se fortalezca a partir de esta experiencia. Permítame decirle que estoy muy arrepentido. Nigel piensa que es algo pasajero, pero realmente quiero...

—Shhh —dice la mujer. Señala el distintivo rojo prendido en su remera: una cara de dibujo animado y unos labios apretados con las palabras *ZipIt*. Señala una hoja de papel clavada con chinches en la puerta del baño. Dice en letra negra impresa:

Este es un pub mudo. Las conversaciones no serán toleradas.

Ahora sonríe. Debo de estar pálido, demudado. La idea de que yo pueda quedar así, pálido y demudado para siempre, parece exaltarla. Ella estaría feliz si yo quedara petrificado para siempre, como una estatua. Agita la mano para decir "hasta luego" y entra en la cocina.

Alguien hace sonar una campana. Los puestos del mercado están abiertos, pero ninguno de los puesteros dice una sola palabra; se comunican con las manos, forman números con los dedos y los pulgares. Intercambian una leve inclinación de cabeza con cada cliente cuando se concreta la compra. Miro al primer hombre que pasa, y veo que tiene un distintivo rojo prendido en la chaqueta que dice #*ZipIt*. No es un feriado nacional. No he perturbado un minuto de silencio. Quiero que alguien interrumpa la marcha, se dé vuelta para mirarme y diga: "Date por enterado, viejo, esto es la revolución". Eso al menos explicaría un poco las cosas. Nadie está dispuesto a comunicarse; nadie ofrece una explicación. La ciudad ha cambiado sin nuestra aprobación: ha conjurado un sistema. Los recaudadores de fondos para caridad y beneficencia agitan sus pizarras; los vagabundos sin hogar portan carteles que dicen "Una limosna, por favor". Los barrenderos con sus tachos rodantes siguen trabajando sin decir nada, aunque probablemente hagan lo mismo todos los días. Un par de agentes de policía parados en la vereda se tapan las bocas con las manos mientras hablan. Incluso aquí, los ojos de los policías están alertas a la posibilidad de que pudieran estar ofendiendo a alguien. Y da la sensación de que, si rompieran el silencio, de inmediato sabrían lo que piensa la gente al respecto. Un guarda de tránsito guía a un grupo de escolares que cruzan la calle; todos caminan en silencio. Se oyen sus pasos sobre las baldosas de la vereda. Se oyen el susurro de las mochilas y el ring de los teléfonos celulares que nadie atiende. Algunos niños se divierten gritando palabras a viva voz, pero los adultos los hacen callar y les dicen que no arruinen las cosas. Los sonidos de la calle se han intensificado: el encendido de los motores de los autos, los tenderos que bajan las persianas, la sirena de la ambulancia, la campana de la iglesia, el canto de los pájaros, el tráfico que avanza lento y los caños de escape... todo existe en su propio espacio y por su propia voluntad.

El pregonero sacude su campana.

Parece que media ciudad tiene una sonrisa impresa en la cara. Caminan por todas partes como extras en el rodaje de una película, satisfechos de estar haciendo un gran trabajo. Ninguno de ellos jamás se ha sentido tan parte de algo. Ninguno sabe qué hacer exactamente. Nadie sabe qué hacer, excepto sonreír y participar. Seguir caminando, seguir sonriendo y pensar una estrategia más tarde. Es un esfuerzo coordinado a fuerza de voluntad: la voluntad de ser parte de algo. El hecho de que nadie pueda hablar lo vuelve más excitante. ¡El silencio es ensordecedor! El silencio los hace reflexionar y mirar hacia adentro. Las personas sonríen porque quieren decir algo pero saben que no pueden. Este es el compromiso —la promesa— que todos comparten. Nadie quiere romper el silencio. Mantenerlo parece ser una cuestión de principios. Es una novedad, sin duda, pero podría devenir en otra cosa. Miro a los habitantes de la ciudad y no puedo disimular una sonrisa. Kendal debe de saber lo que está pasando. Kendal estará encantada con el asunto.

Empiezo a correr. Guiándome por la torre del reloj, corro en dirección a la unidad de base. Huyo del sándwich de tocino. Lo único importante es correr. Nigel tiene que enterarse de lo que está pasando.

Una anciana me detiene y dice:

—¿Ha visto? —Permite que una sonrisa asome a sus labios. Se supone que es una sonrisa, pero la mujer no tiene práctica—. Absolutamente brillante —dice. Comento que todos llevan puesto un distintivo—. Sí. —Sus ojos recuperan su estado de ánimo natural —la sospecha— y sigue su camino—. Es la mejor manera de decirles algo. Porque ya sabemos que no van a escuchar un carajo. Porque nadie escucha un carajo.

★ ★ ★ ★ ★

Podemos controlar la mayoría de los desastres. La mayor parte del tiempo hay procedimientos *in situ* para mitigar los daños. Tenemos experiencia con ventanas destrozadas, bombas molotov y ataques desde arriba. Entendemos de sustancias químicas enviadas por correo y planes de asesinato: sofisticados o de los otros. Sabemos que la furia es un derivado del desasosiego. Por lo general, podemos aplacar la furia con centros de compras de vidrio y acero. En esta situación particular, realmente no podemos controlar nada. La fuerza de la protesta depende de la voluntad de los participantes. Es un acto de furia silenciosa, una revolución sin mella de daño. Corro por la orilla y pienso que falta poco para los cordones policiales y las cámaras de los noticieros. Quizá ya están en camino.

Mi manera de tropezar y tambalearme al trasponer el portón indicaría que acaban de atacarme en la calle. Empiezo a gritar mucho antes de llegar cerca de alguien. Hago un gran esfuerzo para captar la atención de todos, dado que su prioridad es cargar valijas y subir al ómnibus. Alguien me pregunta si pasó algo malo. Su pregunta me autoriza a anunciar lo que es necesario anunciar.

—Están mudos. Por completo. ¡Nadie dice una maldita palabra!

Me rodean, no saben qué hacer con su jefe paranoico y sudoroso. Parecen más preocupados por mi bienestar que por las implicaciones de lo que digo. No me sorprendería que me trajeran paños calientes. Veo que se resisten a creerlo. Aparte de mis brazos que se agitan, el sudor de mi frente es lo único que indica que estoy diciendo la verdad.

Nigel hace su aparición: el director ceñudo, molesto por los disturbios en la puerta de la escuela.

—¿Qué significa esto, Miles? ¿Qué demonios te pasa?

—Estamos bajo ataque.

—¿Quién está bajo ataque? ¿Dónde?

Parece estar procesando todas las razones que podrían inducirme a actuar de esta manera. ¿Estaré drogado? ¿Estaré sufriendo una crisis nerviosa? No sabe cómo interpretarlo.

—Es verdad —dice un miembro del equipo de tecnología informática, con su *laptop* abierta sobre una roca. Desplaza la página hacia abajo—. Tienen un sitio web. *ZipIt.*

Han publicado una entrada en una página de aterrizaje temporaria donde se lee:

Un éxito silencioso – pronto habrá más noticias.

Miramos la computadora en silencio, como si nosotros mismos participáramos en la campaña. La primera medida es ordenarle al chofer del ómnibus que apague el motor. Notificamos a la escolta de seguridad sobre la demora. Nigel le dice a Darren que arme la carpa para que el equipo de tecnología informática pueda trabajar bajo techo. Le pide al gerente de relaciones públicas que llame a los espónsores y reafirme nuestro compromiso con los sonidos estruendosos.

Poco después llega otro mensaje. Anuncia que la lucha continuará hasta que Birdseye sea redenominada Barrow-in-Furness. Esto es sólo el comienzo, dice.

La lengua inglesa no es propiedad de nadie. Es propiedad de la imaginación: es propiedad de la lengua misma.

Lo peor de todo es la audacia. No es tanto que hayan reaccionado —esperábamos eso— sino que hayan salido con algo mejor que la propia Lingua Franca. Darren amarra la carpa y anuncia que está lista. El equipo de tecnología informática —apostado detrás de sus pantallas duales— parece disfrutar del súbito interés en sus actividades. De golpe se vuelve importante, perentorio casi, consentirlos: hacerles preguntas técnicas y llevarles un café. Pronto establecen el paradero directo del enemigo: la dirección IP sugiere que los mensajes provienen de Pig & Thistle, Birdseye. Nigel afirma que todo estará bien y que sólo será una tendencia pasajera. Dice que más tarde anunciará un plan de acción. Sólo necesita un poco de tiempo para pensar. Hasta entonces, convendría que bajáramos la mesa de ping-pong del camión y tratáramos de no entrar en pánico. Después me lleva aparte y me pide la información real, como un presidente que consulta a su comandante general ante el estallido de una guerra.

Más tarde, Nigel me lleva a la que denomina *la sala de situaciones*, un guiño al lugar donde los presidentes norteamericanos conducen sus operativos más importantes. Es el contenedor más grande de todos, y la orden es que permanezca intacto cuando nos vayamos. Nigel abre su *laptop* y lo primero que hace es cliquear para esconder una página web que exhibe mujeres desnudas. Me entristece pensar que Nigel es un hombre solitario y sin hijos obsesionado con el trabajo. Él se las ingenia para poner cara seria.

—Presta mucha atención, Miles. Necesito que me acompañes en esto. Tenemos que superarlo juntos.

Dice que se arremangará y trabajará en el "castillete de explosión", con lo que en realidad quiere decir "castillete de explotación". Hablamos sobre lo que vi, y si podría haberlo detenido.

Concuerda en que yo no podía hacer nada, salvo tomar nota de todo. Suspira cada cuatro segundos. Necesita más tiempo para pensar. —La cosa es esta —dice, sin identificar la cosa en cuestión. Se obliga a hacer pausas. El método de trabajo de Nigel es trazar planes en su cabeza. Necesita estar satisfecho con sus pensamientos antes de compartirlos con el mundo—. No queremos hacer escándalo. Si hacemos mucho ruido, la prensa se nos vendrá encima. Tenemos que infiltrarnos: en silencio. Tenemos que ganarles siguiendo su juego. —Después mueve el objeto que tiene más cerca, que resulta ser un tazón rojo, hacia una punta de la mesa—. Estos somos nosotros —dice, refiriéndose al tazón—, y estos son ellos —señala una abrochadora. Empieza a mover la abrochadora y el tazón sobre la mesa, los hace cambiar de posición constantemente mientras habla—. Tenemos la posibilidad de infiltrarnos desde dos cruces —explica. Usa un lápiz romo para significar el Canal de Walney. Al oeste se yergue el Puente de Walney, la ruta normal o "señuelo". Al sudeste está la angosta cuenca que lleva a la Dársena de Buccleuch, próximamente Dársena de Birdseye, que otorga acceso directo al corazón de la ciudad—. Sólo tenemos que encontrar una vía de acceso.

Disfruta de la premura de la situación. Se siente más vivo cuando hay que controlar una crisis. Mi trabajo es escuchar y aprobar lo que Nigel dice. Trato de actuar como si también estuviera furioso. Intento reflejar la gravedad de la situación con mis expresiones faciales. Trato de no sonreír. Probablemente piensa que soy un *colaboracionista*. Nigel da golpecitos con la lapicera sobre el escritorio. No puede aflojar el ceño.

—Yo me encargo —dice. Es su manera codificada de decir "vete". Después se levanta de la silla: necesita el espacio para caminar de un lado a otro—. Creo que podemos hacerlo. Podemos ser más astutos que ellos. —El objetivo de la reunión ha sido alcanzado. Dice que hará el anuncio en un par de horas—. Se cierra la sesión.

★ ★ ★ ★ ★

La carpa tiene capacidad para cinco o seis personas, lo cual no impide la superpoblación. "Miren", dice el administrador de redes sociales, y señala la pantalla. Hay otro posteo en la página web de *ZipIt*.

La amabilidad es la lengua que los sordos pueden oír y los ciegos pueden ver.

Nadie tiene mucho para decir. Algunos periodistas han empezado a juntarse en la barrera; el mundo quiere saber qué pasa. Frustrados, los miembros del equipo se sientan en medio del equipaje, con la esperanza de que nos vayamos pronto, y mandan mensajes de texto a sus familiares y amigos para reorganizar planes. La atmósfera cambia. Apenas pueden disimular la molestia que les produce que Nigel aún no haya formalizado un plan. Pasamos de una situación en la que todos esperábamos regresar tranquilamente a casa a otra dominada por la angustia de no saber cuándo regresaremos. Nuestro objetivo es que Birdseye se enamore de Lingua Franca, pero Lingua Franca parece estar desenamorándose de sí misma. Nigel cambia constantemente la logística. Llama por teléfono a una empresa de *catering* y pide un presupuesto por dos cajones de alimentos no perecederos. Habla con un mayorista con la esperanza de conseguir bebidas energizantes a bajo costo. Habla con la gente de Birdseye, que pide un informe actualizado de la situación. Los de Birdseye no expresan una opinión favorable ni desfavorable: sólo quieren un informe actualizado.

Al caer la noche llega el anuncio. Sí, vamos a quedarnos en la unidad de base para recuperar el control de la ciudad. Nigel dice que es una medida de emergencia, y que no le ha resultado fácil tomarla. En cuanto a *ZipIt*, Nigel lo describe como una tendencia pasajera: un hechizo que le ha hecho perder la cordura a la mayoría de los habitantes. Sería estúpido suponer que es algo más. El personal se divide, más o menos, en dos grupos: los que están molestos por tener que quedarse y los que intentan ser útiles. Entre estos últimos, el equipo de tecnología informática es el más atareado. Parece que *ZipIt* postea un nuevo boletín informativo sobre el tema del silencio cada cinco minutos.

Si usted visitó alguna vez la Capilla Sixtina, entonces sabrá que todo sería mucho mejor si todos cerraran la maldita boca.

En pocas horas, *ZipIt* atrae miles de seguidores en las redes sociales. Suben imágenes de niños con los labios apretados y de una bandera de #*ZipIt* flameando sobre el Pig & Thistle. Se habla de organizar una campaña de silencio a nivel nacional. En el programa de eventos, hay un *festival de silencio* marcado para las dos de la tarde del día siguiente. Pasamos varios minutos debatiendo qué significa exactamente eso del festival de silencio. Informamos a Nigel al respecto, ya que esto podría modificar sus planes de ofensiva (los modifica). Después anuncia que necesita un poco más de tiempo para pensar; transmite las noticias como un empleado de aeropuerto que anuncia una demora; a su vez, los pasajeros se quejan. Nigel dice que todo se resolverá pronto. Las bebidas energizantes están en camino. A su debido tiempo anunciará más detalles.

La cena consiste en malvaviscos y galletitas. Impera la sensación de que no conoceremos el plan de acción hasta la mañana siguiente, pero Nigel emerge de su contenedor hecho una tromba y grita:

—¡Lo tengo!

Algunos miembros del equipo se sientan alrededor del fuego. La mayoría de los agitadores sugieren subrepticiamente el hecho de que Lingua Franca ha defraudado a su personal. Algunos intentan recordar la letra chica de sus contratos, donde podría decir algo sobre la regulación de las horas no laborables. Nadie está seguro de nada. No parece importarles que yo esté sentado entre ellos; de hecho, dicen que soy mucho mejor que Nigel y que todo estaría bien si yo fuera el único jefe. Uno de ellos dice con sarcasmo:

—¡Te amamos, Miles!

Me esmero en poner un tono de voz diplomático empresarial. Digo:

—Por favor, Nigel es un gran trabajador.

Parecen darse cuenta de que no creo en lo que digo. Saben que estoy haciendo la farsa corporativa, que necesito decir eso para proteger a la empresa e inducirme a mí mismo a creer que no estoy desperdiciando mi vida. Descubrieron la treta mientras miramos el fuego en perfecto silencio. Darren pregunta si creo que Kendal está involucrada en la protesta. Aplasto un malvavisco con la punta del tenedor y digo:

—Probablemente, compañero.

Después Darren pregunta si quiero ir a beber algo al pub. Le digo que quizá no debería. Nadie sabe qué va a ocurrir, y tal vez podrían matarnos.

La luz de Nigel está encendida. Miramos hacia la baranda desde la cual podría asomarse. Parece haber olvidado momentáneamente nuestra existencia. Lo imagino sentado delante de su escritorio con su mapa de batalla, trabajando sobre las coordenadas. Estará en éxtasis, hechizado por la exaltación de ser el mariscal de campo Haig. Un rato después sale de su contenedor y pregunta por qué seguimos despiertos. Nos dice que vayamos a dormir, que mañana será un gran día.

—Mañana los haremos polvo.

★ ★ ★ ★ ★

A las nueve menos cuarto de la mañana siguiente todavía hay fila para las duchas. Algunos desisten y deciden tolerar su propio olor. Hay una sensación de pavor cuando todos entramos en la sala de reuniones. Habría sido conveniente —políticamente, al menos— que Nigel hubiera preparado café y sándwiches para todos. Eso habría contribuido a apaciguar el enojo.

—Gracias por su paciencia —le anuncia Nigel a la sala en pleno. Tiene el aspecto de un hombre que está seguro de lo que hace. Un pensamiento aterrador—. Sé que han sido veinticuatro horas difíciles. Damas y caballeros, nuestro objetivo es simple. Vamos a proteger nuestra marca, a cualquier precio. Protegeremos nuestro sustento y liberaremos a Birdseye del dominio de la turba. Realizaremos un operativo que, si triunfa, nos permitirá partir en cuestión de horas —dice. Aplicaremos una estrategia intervencionista, diseñada para prevenir conflictos ulteriores. El levantamiento será sofocado; el orden será restaurado. Todo esto requiere ponernos rápidamente en acción—. Presten mucha atención, camaradas. Voy a explicarlo una sola vez.

La estrategia es dual. La mitad del personal —Nigel no se anima a decir tropas— ingresará a pie por el Puente de Walney. La otra mitad llegará en bote: entrará por la puerta trasera —es decir, por el Puerto de Barrow— mientras el enemigo está distraído. El objetivo es infiltrarse en distintos sectores de la ciudad y hablar en voz alta para restablecer la normalidad. Nos apostaremos en cafés y pubs, en la calle principal y en el medio de la plaza central. Será contagioso, produciremos un efecto colateral que inspirará a los otros a recuperar el habla. Será todo un espectáculo.

—Damas y caballeros, el costo de la inacción excede con creces el costo de la acción. No queremos que este incidente encienda la mecha del barril de pólvora. Queremos dosificar las llamas.

La mayoría de los presentes no quieren oír hablar de formaciones ni de movimientos de tenazas: quieren té con tostadas. Por eso no es una sorpresa que cuando Nigel dice "¿Alguna pregunta?, la única respuesta sea preguntar por el desayuno. Nigel confirma que las provisiones llegarán en menos de una hora y que todos seremos alimentados antes de emprender el viaje. Después, para simular que su discurso contiene la potencia que exige el momento, alza el puño y grita:

—¡Al ataque, mis valientes!

Abandonamos la sala de reuniones y nadie sabe qué decir. En la línea de la costa hay una variedad de embarcaciones pequeñas, botes de pesca, botes a pedal, lanchas de carrera y barcos de recreo. Es una lástima que Nigel no haya podido conseguir misiles tierra-aire. Estrecha la mano de un hombre que empuja hacia la orilla un bote a motor. Nigel promete que devolveremos las embarcaciones dentro de dos horas y sin un rasguño.

—Vengan aquí. Ahora. —Nigel no se arremanga la camisa literalmente, pero es la imagen que más le gustaría transmitir. Nos pide que formemos fila para poder separarnos en grupos—. Estas son las embarcaciones que nos ayudarán a ganar la paz. Los que viajan a pie deben partir dentro de cinco minutos. Los que viajan por mar deben seguir al bote a motor hasta que lleguemos al Puerto de Barrow, y después desembarcar. Mientras tanto, por favor, sírvanse unas papas fritas. Hay cerveza en la heladera para nuestro festejo de esta noche.

Nigel dice que ahora es el momento oportuno para ir al baño. Quizá tengamos que esperar mucho hasta tener otra oportunidad de ir. Si alguien tiene alguna objeción, debe expresarla ahora. El noventa por ciento del personal hará lo que se le ordene, sea lo que sea. Nigel podría guiarlos en un golpe militar y la mayoría obedecería. Miro a los agitadores; no parecen impresionados con el discurso, pero permanecen en silencio. No hay muchas razones para ir, pero tampoco para quedarse.

Darren clava un cuchillo en una caja de cartón y la abre de un tajo. Distribuye las papas fritas. Nos miramos unos a otros y formamos fila.

15. El luchador temerario

—¡Entonces reunimos una cantidad de barcos y dijimos *bon voyage!*

Nadie presta atención. La vida continúa en la guardia del hospital, si "vida" significa la suspensión temporaria de la muerte. Traté de narrar lo mejor que pude, con palabras habladas la mayor parte del tiempo, pero a veces por escrito. Sin embargo, nadie escucha. Nunca responden cuando hablo en voz alta. Más bien fingen que no existo.

Gerry, el paciente canoso que está más cerca de la puerta, se encuentra sentado muy erguido en la cama con un cuenco de cerezas. La enfermera deja un café y una vieja edición del *Telegraph* sobre su mesa de luz. La enfermera sabe cómo hacer todos los movimientos: cómo verter el té en la taza y cuándo sonreírles a todos los pacientes excepto a mí. Ahueca la almohada de Gerry para que pueda descansar la cabeza. Yo parezco estar más vivo que Gerry. No sé qué hace Gerry para ganarse la vida: si tuviera que adivinar, diría que es *pescador*. Tiene onda de pescador. Lo imagino arrojando una red al océano para atrapar centenares de bacalaos. Lo imagino sentado en su cabaña de pescador escuchando "When the Ship Comes In", la canción de Bob Dylan. Brindo a la salud de Gerry. No siento el mismo dolor en el hombro que sentía antes. La costilla ya no me da una punzada de dolor cuando la rozo con el meñique. No me siento enfermo, salvo cuando me dicen que estoy enfermo. Si miro a los otros pacientes, ninguno parece experimentar dolor físico. Parecen cansados, y mudos, pero no sufrientes. La enfermera deja una barra de chocolate junto al café de Gerry. ¿Acaso es justo? Tal vez está por morir y es su última comida. Me pregunto si me tratarían bien si supieran que estoy por morir. Decido no preocuparme por estas cosas y concentrarme en redactar mi nota de disculpa. Saco una hoja en blanco y me inclino para escribir:

Perdón por mi conducta de anoche. Les deseo lo mejor, Miles.

La guardo en un sobre, que cierro con saliva. Cuando la enfermera termina de levantarle los pies a Gerry, hago un gesto con la mano para atraer su atención. Le entrego la nota. Ella la abre y la lee sin cambiar de expresión. Saca una lapicera y hace una tilde junto a mis palabras, como si fuera una maestra. Escribe *OK*, lo cual significa que estamos bien. Mira su reloj y sale. Miro a Gerry, que cierra los ojos y se recuesta contra el respaldo de la cama. Aparentemente no registra la presencia del diario ni del chocolate. Y, si la registra, es sólo porque le resulta normal recibir regalos.

—¡Eh, Gerry! —Ni siquiera abre los ojos—. ¡Gerry! Sé que puedes oírme. Ella se fue, Gerry. ¿Qué hiciste para ganarte su corazón, eh? Contigo es todo susurros y atenciones, Gerry, ¿no es así? Yo no consigo que me dirija la palabra ni por equivocación. ¿Y al final qué diablos te pasa, eh? ¿Hola?

Gerry abre los ojos y dice:

—¿Eh? —como si despertara de una pesadilla y no supiera dónde está. Me mira y empieza a tartamudear—. Titi titi ti titie…

—¿Qué pasa?

Intenta hablar, pero parece que hubiera tragado cemento. Nunca lo había visto así.

—Titi titie tiene que hacer lo que dicen. —Aferra las sábanas como si estuviera atado al asiento de una montaña rusa—. Es… es… es la única salida.

Se abre la puerta y entra la enfermera con una bolsa de agua caliente. Advierte el cambio en la expresión de Gerry. Le pone una mano en la frente. Mira a Gerry y hace un gesto. Gerry asiente.

—¿Gerry se encuentra bien?

La enfermera corre la cortina de la cama de Gerry. Escribe una nota y la desliza en mi mano.

Hoy tuvo un gran día. Déjelo descansar.

—No parece estar bien. Y dijo algo raro.

Está mejorando. Ahora cuénteme cómo termina la historia.

★ ★ ★ ★ ★

El operativo tiene un nombre en clave: Barbara. Como si fuera un huracán. Avanzamos, en líneas generales, en forma de flecha, el bote de Nigel en la punta. Navegamos por el canal sin contratiempos, manteniéndonos a una saludable distancia de los remolcadores y los ferries. La pequeña flota demuestra nuestra unidad y nuestra fuerza. Es un espectáculo, una visión extraordinaria. Hay alguna clase de jerarquía. En la mejor embarcación viaja el equipo de operaciones, un bote a motor blanco con una pequeña cubierta donde sentarse. En uno de los veleros impera la diversión: tienen una guitarra acústica y cantan canciones que hablan del deseo de volver a casa. Los más jóvenes viajan en los botes a pedal, se balancean sobre las aguas del Puerto de Barrow en sus cisnes y sus vaquitas de San Antonio. Lo más difícil es girar a la izquierda para ingresar en la Dársena de Buccleuch: nuestra entrada por la puerta de atrás. La nuestra es probablemente la embarcación más tranquila debido al hecho de que viajo acompañado por Darren, dueño y único responsable del timón. Yo sólo debo ocuparme de arrastrar los remos en el agua.

Darren mira el mar como si el mar se le hubiera puesto deliberadamente en contra.

—Es un recorrido demasiado largo. —Dice que añora trabajar para la compañía constructora de su padre y que preferiría estar taladrando paredes de cocinas que protegiendo de una muerte inevitable a un consultor de marcas—. Ya no quiero seguir con esto, no se me da la gana. Voy a hacerme electricista, viejo. Conseguir un título.

—¿Podrás mantenerme con vida mientras tanto?

—Sí, viejo. Pero después renuncio.

—No vas a renunciar.

—Ciento por ciento.

—Pero siempre dices lo mismo. Y nunca renuncias.

Lo digo porque es verdad. Darren es un tipo que será leal al régimen hasta el fin. Si hubiera un terremoto devastador, él seguiría cumpliendo su deber como si nada.

—Sí, bueno… —Darren mira el mar con recelo—. Es un recorrido demasiado largo…

Le agradezco a Darren por haberme mantenido con vida todo este tiempo. Si tuviéramos cerveza, chocaríamos los vasos para celebrar la solidaridad. Pero si tuviéramos cerveza probablemente mandaríamos el bote a pique.

Seguimos a la flotilla sin decir nada durante un buen rato. Darren sacude la cabeza.

—Eden, viejo…

—¿Qué pasa con Eden?

Darren mira el mar, y por un instante perdona al océano.

—Estoy leyendo el libro de Lance Armstrong. Ese hombre tenía fuerza mental. Tenía cáncer y nunca se rindió. Ganó siete veces el Tour de France.

—¿No lo atraparon en el control *antidoping*?

—¿Dónde escuchó eso?

Lo dejo pasar. Quiero decir algo como "Rendirse no tiene nada de malo", pero no creo que a Darren le guste escuchar eso. Se aferra a la promesa del mañana: la proyección de futuro. En todo caso, sólo puedo pensar en la oficina, la multitud reunida en la ventana y el silencio que nos abatió cuando Eden dio el salto. Casi olvido adónde vamos y cuál es nuestro objetivo. Sólo cuando notamos que los otros barcos giran a la izquierda empezamos a movernos en la dirección correcta. Para muchos de los del equipo este viaje es un inconveniente, una molestia, una incursión mayúscula en sus horas libres que jamás tendría que haber sido autorizada. No obstante, la estructura de nuestra formación se mantiene intacta y Barbara está en marcha.

Los del equipo de tecnología informática, apostados en el asentamiento, se autodesignan expertos meteorólogos y anuncian vía teléfono celular que debemos esperar fuertes truenos. Vemos que Nigel gesticula al frente de su bote. Imaginamos que los otros maldicen a Nigel y evalúan la posibilidad de regresar al punto de partida. Cuanto más avanzamos, más aumenta Nigel su velocidad. Seguimos adelante, navegando bajo la lluvia, luchando por ver el sentido de nuestra actividad con más nitidez que todo esto que vemos bajo la tempestad.

Cuando la dársena aparece a la vista, nos sentimos más expuestos. Algunos locales nos vigilan desde arriba; parecen confundidos ante lo que ocurre. Somos una cosa, algo para tener en cuenta. Nuestras embarcaciones demoran un poco en reunirse. Algunos miembros del equipo saltan de un barco a otro para poder desembarcar. Nigel nos conduce a la dársena. Somos arreados lentamente. Lleva un tiempo conseguir que cada quien quede posicionado en un lugar determinado. Nigel nos dice dónde debemos pararnos; insiste en que formemos fila. Los procedimientos tienen un orden previsto. Distribuye unos mapas donde están señalados los supermercados, los cafés y las plazas donde cada hablador tendrá que pararse a hablar. Las conversaciones no deben versar sobre nada en particular: lo más importante es que hablen en voz alta. Pueden hablar de cualquier cosa, siempre que sea perturbadora.

—Esta es una revolución sin derramamiento de sangre —dice Nigel—. Lingua Franca sobrevivirá. Nuestra lengua no será borrada de la faz de la Tierra.

—¿Tenemos paraguas? —pregunta alguien.

—Por supuesto que no.

Se oyen risas, y las risas echan a perder el ánimo que Nigel esperaba insuflar a sus valientes. Fuerza una sonrisa, pero en realidad quiere mandarlos a todos a la corte marcial. Deberíamos tener la actitud de un ejército profesional, no de un batallón de Mary Poppins.

Elegimos el supermercado porque se supone que es una zona amigable para los negocios, una empresa privada que simpatiza con nuestro afán de hacer dinero. Probablemente despertamos sospechas apenas entramos. Al principio no parece muy diferente de cualquier otro supermercado. Los ruidos son los mismos que se escuchan en cualquier ámbito de comercio: pitidos de cajas registradoras, carritos que ruedan y anuncios al público. Nadie habla; todos parecen concentrados en tomar productos de las góndolas. Nigel se acerca a un empleado y le pregunta la hora. El empleado le indica que se calle y señala el distintivo rojo de #ZipIt en su camisa. El logo tiene el aspecto de haber sido diseñado por profesionales: una cara de dibujo animado con un cierre relámpago en lugar de labios. Fue creado por personas inteligentes que saben de software y tienen buen ojo para el color. Es fácil de reproducir, y por lo tanto aparece en todos los pasillos, en las góndolas, en los carteles, en las camisetas y en las etiquetas autoadhesivas. Incluso hay un letrero en la salida donde se lee:

Estamos orgullosos de respaldar a #ZipIt.

Todo esto parece inquietar a Nigel. Lo que más le duele es que hayan igualado nuestra marca registrada de cinismo: el supermercado finge compasión por la comunidad y se adapta al silencio. Es una estrategia de marketing localizada, como cuando una cadena de comida rápida ofrece al público hamburguesas dobles. Nigel se toma un momento para pensar. Después va de un miembro del equipo a otro, tocándoles el hombro. De a uno por vez, nos dispersamos por los distintos pasillos. Nigel hace todo lo que puede por caminar con paso decidido. Apenas salen las primeras palabras de nuestras bocas, los ponemos en alerta. Hemos perturbado su paz. Unos minutos después todo el grupo —poco menos de veinte personas— está hablando en voz alta al mismo tiempo. Descubrimos que podemos hablar con libertad y sin inhibiciones. No decimos nada digno de nota: sólo dejamos caer una estrepitosa catarata de palabras. Las oraciones no respetan ningún orden gramatical: una sintaxis machacona desprovista de sentido. Eventualmente adquiere ritmo, espontaneidad. Los más viejos se dan vuelta para mirarnos, y lo sentimos como una victoria. El peligro radica en nuestra propia complacencia. Como nadie nos pone obstáculos, pronto nos quedamos sin cosas para decir: terminamos repitiéndonos. Algunos habladores intercambian sonrisas, como si todo fuera una broma. Nigel los fulmina con la mirada y pronto retoman sus balbuceos. Nigel ahora se ve más relajado; disfruta de lo que ve y parece que fuera a robar una cerveza de la heladera. La ausencia total de represalia le levanta el ánimo. Seguro de sí mismo, apunta hacia donde desea que se mueva la gente; dirige el tránsito. Algunos locales fruncen el ceño ante la presencia de los habladores, como si los hubieran interrumpido a último momento. Suena una sirena estridente, y su sonido se escucha en todo el supermercado. Alertados por la sirena, los guardias empiezan a gritar que todos debemos salir. Los clientes no se alegran de tener que abandonar sus carritos semivacíos en la entrada. Algunos intentan dejar registrado el importe exacto en los lectores de códigos de barras, que se transforman en improvisados medidores de honestidad.

Los guardias intentan hacer salir a todos por las puertas. El lugar empieza a vaciarse. De pronto estamos afuera, no sabemos cómo localizarnos entre nosotros; somos como esos borrachos de club nocturno que no pueden encontrar a sus amigos.

—¡Avancen! —suena el grito de Nigel.

Por primera vez, parecemos unidos. El equipo que ofició como señuelo, que viene del oeste y no reporta interferencias, se reúne con nosotros. Podemos movernos como se nos da la gana, sin tener que planear un trayecto. Si queremos, hablamos a los gritos. Nigel sonríe. Parecen las primeras etapas de una victoria. Hemos derribado los portones y ahora marchamos sobre el palacio: los portones son las puertas automáticas del supermercado, y el palacio es un WHSmith. Caminamos varios metros; abrimos nuestras bocas y hablamos con mucha más seguridad que antes. El cartel en lo alto de la calle principal dice:

Usted está entrando en una Zona de Silencio.
Por favor, respete nuestro estilo de vida.

Nuestra ruta nos conduce por los afiches y carteles publicitarios del día de nuestro lanzamiento. Parece que media ciudad está cercada por carteles que dicen "en construcción, unidades a la venta", que promocionan una vida pródiga en champagne y canapés. Las inversiones están llegando, y son sinónimo de modelos bien vestidas que se pueden tocar en un cartel publicitario. Son sinónimo de pubs que sirven pintas de cerveza en frascos de mermelada, de cafés innovadores que sólo venden cereales y de departamentos en marinas cuyos dueños jamás las utilizan. Basta de carniceros, panaderos y fabricantes de velas, salvo en un contexto irónico. *Vive la révolution!* Caminamos hasta una hilera de tiendas y Nigel grita:

—¡Paren!

Quiere diseñar una estrategia. Nos pide que nos pongamos en círculo, como si fuera una *sesión de expresión*.

—Hemos llegado muy lejos, damas y caballeros. Sigan caminando, y si no se les ocurre nada para decir, inventen algunos resultados de fútbol. ¡Ha llegado el momento de atacar! Todos festejan. La vibra oscila entre la de un partido de bowling durante un viajecito con la empresa y la reconstrucción histórica de la leyenda del rey Arturo. Nigel nos divide en grupos de dos y de tres. Señala los lugares adonde quiere que vayamos: algunos al pub, el resto a las agencias de apuestas, los cafés y la calle principal.

Seguimos caminando. A mi lado siempre está Darren, en alerta permanente por si aparece alguna víbora de cascabel.

—Manchester United dos… Queens Park Rangers uno.

El camino está despejado. Vemos una plaza vacía y un espacio libre donde movernos.

—Aston Villa tres… Sheffield Wednesday uno.

El equipo de localización entra en la panadería.

—Crystal Palace dos… Arsenal tres.

El equipo de ventas rodea uno de esos bazares donde venden todo por una libra.

—Plymouth Argyle cero… Leyton Orient uno.

En la distancia se escucha el batir de un tambor. Tres golpes secos, una pausa, tres golpes secos. El tambor cada vez suena más fuerte, y los pasos también. Aporrean el tambor. Doblamos la esquina y de pronto nos topamos con una horda: cien o más habitantes de la ciudad. Se mueven como dos bloques compactos, igual que los jugadores de rugby cuando se amontonan. Usan distintivos #ZipIt y portan un inmenso estandarte que lleva impreso lo mismo. Kendal está al frente. Señala el cielo, y todos los demás también. Se mueven al ritmo del tambor y siguen a Kendal, la terapeuta de la movilización loca. Kendal lidera una protesta sin cánticos; eso nos obliga a concentrarnos en la música. Se oyen un redoblante militar, trompetas, bronces, guitarras acústicas, campanas, silbatos y maracas. Su música es más ruidosa que todo lo que podamos intentar. Nos adentramos en jungla ajena. Saben exactamente cuándo moverse y cómo rodearnos. Su fuerza radica en la coordinación: se posicionan a lo largo de todo el camino, cuya forma cóncava amenaza tragarnos vivos a todos. No queremos acercarnos para que no nos aporreen con las baquetas de los tambores. Ellos tienen algo que nosotros no poseemos: determinación. Nosotros tenemos empleados de oficina: ellos tienen una tribu.

—¡West Bromwich Albion tres! —grita Nigel—. Stoke City cero...

El tambor continúa redoblando, su ritmo refleja la carga que se aproxima. La respuesta natural es escuchar los marcadores de Nigel, pero resulta imposible oírlo. Intenta decir algo sobre Wigan Athletic, pero nadie sabe qué. Hay silencio en nuestras filas. La sonora marcha de los cien valientes nos impide susurrar, mucho menos hablar. Tienen algo que nosotros no tenemos —además de autoridad moral—, y ese algo es la música. Atacan, no con los puños cerrados, sino con una ráfaga de resolución. Nosotros estamos amontonados para enfrentar la avanzada. Los que estábamos lejos nos acercamos. Estamos varados en una esquina, amontonados entre los postes de dos faroles de la senda peatonal. Estamos rodeados; no hay lugar para dar un paso al costado, mucho menos para salir corriendo. Algunos fotógrafos forcejean para llegar al medio de la maraña.

—¡No pierdan la calma! —grita Nigel—. Everton dos... Wycombe Wanderers...

La música vuelve a empezar. Son tan numerosos que nos vemos obligados a retroceder. La retirada es instintiva: ocurre porque tiene que ocurrir. Ninguno de nosotros quiere pelear. Nadie quiere que le rompan la nariz. Eso no forma parte de nuestros términos y condiciones. Nigel intenta comunicarse con la unidad de base; sostiene su teléfono celular con las dos manos y habla como si fuera una radio de onda corta.

—Nigel a unidad de base… ¿pueden oírme? Nigel a unidad de base… preparen el muelle de embarque. Misión abortada. Repito: misión abortada…

La melodía de las trompetas se vuelve más eufórica. Hacemos lo imposible para retroceder sin caernos. Confiamos en que no seremos capturados… sino más bien expulsados de la ciudad. Hay orden en nuestro caos. Los bronces de la banda celebran nuestra retirada; el ritmo de la música se acelera con cada paso atrás que damos. Nuestra huida precipitada tiene su propia banda de sonido.

Nigel se trepa al muelle de embarque. Sostiene la soga en sus manos, listo para soltarla. Siempre soñó con ser almirante. Está acostumbrado a este escenario, mentalmente. Agita el brazo para indicar que debemos apurarnos. Apuntándonos con el índice, uno por uno, empieza a contar en voz alta. La única opción es embarcar. Kendal les hace señas a los fotógrafos y gesticula para que tomen fotos. Sabe qué dirán los titulares en primera plana. Lingua Franca se hará famosa por ser un desastre, un caos, incapaz de controlar su propio imperio. Ella sabe cómo provocar nuestro fin. Nigel también lo entiende. Es mucho mejor poner un límite al daño que permitir nuestra destrucción total.

Nos miran trepar a bordo; ya no recitamos resultados de fútbol. Embisten con su versión de "La Marsellesa", sustituyendo las palabras por un eufórico "da dada", lo cual está permitido. Entonces escuchamos el redoble de un tambor, que no se interrumpe hasta que Nigel gira la llave que enciende el motor del bote. ¡El rugido es enorme! Se abrazan unos a otros, revolean bufandas, pegan saltos, chocan los cinco, y en perfecto unísono nos despiden con un sarcástico y mudo ademán. Nos internamos en el mar. Pasan varios minutos y todavía los escuchamos cantar a voz en cuello otro estribillo. Estamos en silencio, cosa que sin duda suscitaría la aprobación de nuestros enemigos.

La lluvia no cede. Durante un rato no vemos otra cosa que una bruma gris. Sólo contamos con nuestro instinto. Yo sujeto el remo, pero la corriente amenaza con arrebatármelo. Darren trata de controlar el timón. El viento empieza a ulular. Inclinamos los cuerpos para virar el bote en línea recta. Nuestra embarcación comienza a corcovear: remonta las olas como si fueran lomos de burro. El viento aúlla... parece aumentar nuestra velocidad en cien nudos. Cabalgamos sobre las olas y tengo la sensación, en el estómago, de estar subiendo en ascensor.

—¡Agárrense fuerte!

La tormenta nos azota. No podemos mover el barco, pero nos mueve el mar. No podemos regresar, pero da la impresión de que tampoco podemos seguir adelante. En la niebla, nos encontramos con una gran resistencia. Una rompiente en reversa sacude las olas y parece elevarnos a las nubes. Aterrizamos sobre el agua y rebotamos en su superficie azul, todavía ubicados en nuestros asientos. Cruzamos la dársena y la embarcación se estabiliza, parece. A lo lejos, vemos el canal.

—¿Darren? Darren, ¿estás bien?

Murmura que está bien. Se halla despatarrado en el asiento de atrás; parece que alguien le hubiera vaciado un balde de agua encima. Me dice que estoy empapado. Me siento lo suficientemente seguro como para ir gateando hasta la proa y tener una vista más amplia. A lo lejos se ve una luz roja, que pensamos que es el sol. Queremos llegar a esa luz, sea lo que sea. A nuestras espaldas se mecen la mayoría de las embarcaciones, llevadas por la corriente. Divisamos los botes a motor y los veleros de pesca, pero los botes a pedal han desaparecido. Nigel debe de estar mareado. Vemos que la luz roja delante de nosotros es una boya.

—¡Un envión más, Darren! —Jadeamos al unísono, empujando los remos bajo el agua. Nos alegra gruñir y sudar, es el precio que hay que pagar para llegar a la orilla—. ¡No te detengas!

Por un segundo hace frío, después se pone más oscuro y vemos bajar la sombra sobre nosotros. Si estuviéramos sentados en casa, en este momento comenzarían a tintinear las tazas de té.

—Dios mío…

—¡No te detengas!

—¡Miles!

Detrás de nosotros, vemos ascender la curva de la ola. Me aferro a mis rodillas. Subimos en un ángulo empinado y el bote empieza a ladearse. La única bendición es que no tenemos tiempo para pensar. Alguien baja lentamente la luz.

★ ★ ★ ★ ★

Despierto bajo un cúmulo de madera astillada. Al principio pienso que la humedad es sangre, pero resulta ser aceite del motor. Siento gusto a sal marina. Las gaviotas picotean alrededor de mí, decepcionadas al comprobar que no soy una carcasa putrefacta. Puedo mover los dedos de los pies, pero no las piernas. Por una grieta del techo —o de lo que funciona como techo— puedo ver el cielo. Estoy vivo. Al menos por el momento, y eso ya es bastante.

Grito durante un buen rato, pronuncio mi propio nombre.

—¡Soy Miles Platting! ¡Estoy aquí!

Ojalá pudiera hacer sonar una alarma de emergencia y esperar más información. Estoy solo con el enano de jardín y los conejos de porcelana. Y me doy cuenta de que no importa que llamemos a algo enano de jardín o cuchara oxidada. Cuando estás bajo tierra, las palabras no significan nada: todo puede ser cualquier cosa. Un caño roto es un piano. Un cerrojo de metal es una jirafa. Sólo necesito encontrar una tortuga y excavar la tierra para salir de esta leche malteada.

Tengo tiempo para pensar, lo cual equivale a decir que pienso en Kendal. Decido que las parejas casadas enfurruñadas tendrían que encerrarse bajo tierra. Nada de terapia. Lo único que se necesita son piedras y oscuridad. Pienso en Kendal acercándose a la misión de búsqueda y rescate. Miraría por sus binoculares con la esperanza de que yo estuviera aferrado a una boya. Les informaría a los rescatistas que no me gusta que se me mojen los dedos de los pies. De algún modo me encontraría, y yo le preguntaría si todavía estamos a tiempo de ir a Costa Rica y hacer otro mundo, o algo.

★ ★ ★ ★ ★

—Y entonces ustedes me rescataron.

La enfermera sigue caminando de una punta a otra de la sala. Pensé que se sentaría junto a mi cama, cautivada por los detalles de mi relato. No parece importarle demasiado. Los pacientes siguen tan callados como siempre. No tiene sentido hablarles para que despierten. Le pongo la tapa a la lapicera. Me relajo en posición yacente y cierro los ojos. Resuelvo dejar que el sueño haga lo suyo, y ya veremos qué ocurre después.

Escucho que garabatean algo sobre un papel. La ardilla gris compara dos planillas diferentes. Los ojos de Gerry están cerrados y su boca, entreabierta. Si está muerto, nadie parece muy preocupado por eso. Reconozco al guardia de seguridad, que le murmura algo a la médica. Juntos alzan a Gerry de los brazos y lo ponen de pie. A Gerry no parece molestarle. Deja que ajusten su posición corporal y que lo orienten hacia la puerta. Es como una rutina familiar: como si hoy fuera el día de la semana en que le toca recorte de barba. Parecen contentos con él. No sé qué habrá hecho, pero evidentemente hizo algo bueno. Le meten los brazos en una toga roja. Le cierran el cuello y le anudan el cinturón. Se agachan para asegurarse de que las sandalias estén bien ajustadas a los pies. Lo hacen girar para comprobar que sus piernas y su cintura estén totalmente cubiertas. Después le abren la palma de la mano y dejan una vela para que la tome. Es como si lo prepararan para su propio funeral. Me miran, pero no dan explicaciones. Si les preguntara qué ocurre, se me quedarían mirando como si yo fuera un estúpido. El guardia abre la puerta, y los observo conducir a Gerry al comienzo de su procesión. Los otros pacientes siguen con la maldita costumbre de mantener los ojos cerrados. A ninguno parece importarle, y eso me hace dudar por un momento. Es como si estuviera en un sueño, pero de algún modo ya he visto esto antes. He visto a los hombres togados, el sendero iluminado con velas y las proyecciones de cine nocturnas. Lo he visto, y quiero saber qué pasa. Quiero un cuenco de cerezas y un chocolate sin motivo. Quiero una bolsa de agua caliente y un ejemplar de algo (no del *Telegraph*). Quiero que me digan que estoy mejorando, y quiero que me pongan una toga. Quiero saber adónde han ido Darren y Nigel y Kendal, cómo sigue su historia, y cómo va a terminar.

16. Banana Republic

El plan es no hacer nada y no pensar en nada. Lo bueno del coma autoimpuesto es que te exime de toda responsabilidad. Si alguien pronunciara mi nombre, yo no tendría que decir nada. Consagro toda mi energía a pensar en Kendal, y en si alguna vez volveremos a reunirnos. Pienso en Costa Rica, en el Instituto Wordsworth, y en si estará sentada en casa con un plano. Cualquiera pensaría que las enfermeras podrían acercarme un teléfono a la oreja —el mío se quedó sin batería— y llamar a Kendal, permiso especial para hablar mediante. Cualquiera pensaría que podría tener noticias de Nigel o el equipo de tecnología informática. Quizás el hospital tiene estrictos procedimientos de confidencialidad y no revela detalles de los pacientes hasta que lo considera necesario. Es posible que Lingua Franca haya sido destruida, que nadie haya conseguido llegar a la orilla, que el equipo de tecnología informática haya sido devorado por el mar. Pienso en la logística; por ejemplo, quién va a resetear los correos electrónicos con el mensaje de fuera-de-la-oficina y quién participará en las *sesiones de expresión*. Pienso en nuestros clientes, y en si sabrán que estoy en la cama de un hospital en los suburbios de Birdseye-in-Furness. Pienso en todas esas cosas y frunzo el ceño. No obstante, me entusiasma la perspectiva de no hacer nada y de ver adónde me lleva eso. Miro el techo y después miro la ventana. Veo un árbol mecido por el viento; por esta vez, el cielo ha decidido ser azul. Miro el reloj de pared y pienso que el tiempo no importa tanto. Me relajo. Los músculos de mis piernas han comenzado a distenderse. Estoy absolutamente inmóvil, un tronco de árbol caído. No importa que no tenga libros para leer ni programas de televisión para ver. Me gusta el sonido de mi propio silencio. Yazgo con la espalda recta. El dolor del hombro se esfumó y ya no me duelen las piernas. Hasta el moretón del brazo empieza a curarse. En todo caso, quiero levantarme. Tendría que andar en bicicleta o salir a correr por los páramos bajo la niebla de Cumbria. La enfermera me mira, pero no me doy por aludido. Mejor seguir callado. Tendría que colgarme un cartelito del cuello: *Por favor, golpee antes de molestar.*

¿Qué dirán los historiadores sobre Lingua Franca? Tal vez alguien continúe la obra de nuestras vidas y complete la tarea de redenominar todos los pueblos y las ciudades hasta que no quede nada excepto Middlesbrough. Nadie quiere a Middlesbrough. Nos asociarán con la tragedia y bautizarán ciudades en nuestro honor. Le pondrán el nombre de Darren a un bulevar, y algún pantano se llamará Nigel. Llamarán Eden a algún puente, cerca de donde cayó. Tendrían que poner una placa sobre las baldosas que pisaba cuando iba caminando a la estación. Los libros de historia locales dirán que fue un agitador, alguien que no consiguió derribar el sistema y se derribó a sí mismo. Tendrían que conservar su carta en el Archivo Nacional, siempre y cuando yo quede bien parado. Tal vez me inmortalicen en una leyenda. Chipping Norton será redenominada Miles Platting. Este tren termina su recorrido en Miles Platting, desde aquí puede hacer trasbordo a los ómnibus locales para dirigirse al Aeropuerto Internacional Miles Platting. Seré venerado como un pionero del cambio, o me odiarán por haber sido un agente de destrucción, según la moda o los caprichos del momento. Todavía estoy a tiempo de convertirme a otra religión en mi lecho de muerte y renunciar a mi trono. Kendal estaría orgullosa.

La enfermera atiende al paciente de la cama de enfrente, un joven cuya pierna enyesada cuelga suspendida. En todo este tiempo, no ha mostrado nada que se parezca a una personalidad;

ha guardado silencio acerca de todos los temas. Pasa mucho tiempo leyendo libros como *The Spirit Level*. Detrás de su silencio, es una criatura pensante. Para alguien que no comprende su cultura, su cabello largo y enrulado invita al prejuicio de los que no dudarían en llamarlo *hipster* o *hippie*. Él está contento de sentarse a leer sus libros, y de vez en cuando toca el timbre y escribe un mensaje para pedir un vaso de agua. Parece que le gustan las ensaladas que nos sirven, y lo único que podríamos decir con certeza respecto de su persona es que no quiere hablar. La enfermera lo mira. Abre un pequeño paquete de velas y le entrega una a la médica. Aparece el guardia de seguridad y vuelve a ocurrir lo mismo; ponen de pie al paciente, le meten los brazos en la toga, depositan una vela en la palma de su mano y lo acompañan hasta la puerta. Él parece contento. Es como si por fin le permitieran abordar un vuelo después de una larga demora. Me pongo de pie e inmediatamente me transformo en el foco de atención de la enfermera. Piensa que voy a salir corriendo, o que haré alguna locura. Hago el gesto del baño, me toco el hombro dos veces, y me permite proseguir. Voy hacia la puerta de caballeros y me encierro en el cubículo. Abro la ventana empañada y miro al paciente togado que sale del edificio y camina por el sendero, acompañado por el guardia de seguridad. Avanzan a paso lento como si fuera un desfile de carnaval y hubiera que darle tiempo al público para tomar fotos. El paciente no tiene cara de salir corriendo. Por su manera de caminar, parece muy contento con la marcha del asunto. Otro paciente togado, que va en la dirección contraria, se cruza con ellos y asiente. Si me quedo más tiempo despertaré las sospechas de la enfermera, que no quiere que haga nada fuera de lo habitual, jamás de los jamases. Regreso a la sala e ignoro a la enfermera, que parece contenta de mi regreso a la normalidad sujeta a la cama. Vuelvo a acostarme y vuelvo a quedarme callado. Cierro los ojos y siento que mi cuerpo necesita apagarse. Estoy en una sala de hospital con dos camas vacías y nada para hacer. Soy consciente de que me han asfixiado mis propias palabras, las innumerables notas y cartas que he escrito, la mayoría de las cuales han sido ignoradas (hasta que el Archivo Nacional las obtenga). Me llevo la mano a la frente y suspiro instintivamente. La enfermera apoya un vaso de agua sobre mi mesa de luz. Me siento en la cama y algunas hojas de papel caen planeando al suelo. La enfermera recoge una, se apoya sobre el alféizar de la ventana y escribe algo. Me da la hoja. Veo que hay otra tilde.

Esta mañana se ha portado mejor. Siga así.

Abre un cajón y pone un paquete de caramelos junto a mi cama. Quiero decir *gracias* e intentar una reconciliación, pero es difícil cuando no te permiten hablar. No sé por qué se muestra amable conmigo. Quizá me están preparando para decirme algo terrible. Podríamos estar en la Unidad de Resistencia Mental, donde te preparan para las noticias espantosas que vas a recibir. Nos llevarán a una sala donde seremos testigos de una tragedia. Todos se han ido, Miles. Se ahogaron en el mar. Tú eres el único sobreviviente. Por favor, acepta los objetos que hemos recuperado en la orilla: el maletín de Nigel y la consola de videojuegos de Darren. Me llevaré todo a casa en una camioneta y lloraré con la cabeza enterrada en la almohada mientras Ptolomea me muerde el pelo.

La enfermera mira su planilla, me mira a los ojos y escribe un par de cosas. Hice algo bueno. No estoy seguro de lo que hice, pero es bueno que lo haya hecho. Tendría que seguir así.

★ ★ ★ ★ ★

Los días pasan, y ellos siguen diciendo que estoy haciendo un buen trabajo. Parecen decididos a elogiarme incesantemente por

178

no hacer nada. Anotan cosas en una planilla y me dicen que estoy mejorando. Sonríen por todo. En cada hoja de papel hacen una tilde. Si entregaran etiquetas autoadhesivas rojas, estaría cubierto de ellas. Responden a mis pedidos —todos manuscritos— con inefable cortesía. Piden disculpas cuando demoran demasiado en responder. Parecen contentos de traerme lapiceras, y siempre se aseguran de que haya suficiente papel por si se me ocurre escribir algo. Me sirven ensalada y me llenan el vaso de agua; ahuecan la almohada y me acercan la pantalla de televisión retráctil. Me traen bandejas de té con montones de opciones diferentes: manzanilla… Earl Grey… Insisten en que no puedo estar sin bolsa de agua caliente (y yo estoy de acuerdo). Sólo dan muestras de reprobación cuando me río de un chiste que hacen por televisión. Que me ría no es un problema, siempre y cuando la risa no vaya acompañada por palabras.

Empiezo a tocar el timbre con más frecuencia. Toco cuando la temperatura es demasiado fría y cuando quiero agua. No pido disculpas por querer una colcha mejor y no me parece grosero pedirles que pongan el fútbol. Lo único que no tienen es un cargador de teléfono, lo cual significa que no puedo comunicarme con el mundo exterior. Sólo puedo presumir que, bajo el estado de silencio, están permitidos los mensajes de texto.

La enfermera se acerca con una bandeja de *catering* cubierta con una campana plateada. Incluso cuando está en la cima de la sonrisa, una pequeña parte de mí teme que en cualquier momento saque un revólver. Levanta la campana y revela una selección de quesos: Stilton… Brie… y BT Sport, antes Wensleydale. La enfermera corta un racimo de uvas por el tallo y lo coloca sobre el plato. Después extrae un sacacorchos de un cajón y sonríe mientras descorcha una botella de Gazprom. Yo sonrío para mostrar mi gratitud. Levanto la copa como para decir "salud". Si Kendal estuviera aquí, me golpearía la frente y diría "¡Idiota! Hace unos días la odiabas". Yo le diría a Kendal que, como nadie le ofrece ningún queso, para ella es fácil decir lo que se le antoja. Diría que es el punto más flaco de su argumento. La enfermera me observa cortar el BT Sport. Hace un gesto, que imagino que significa *¿qué tal está?* Es bueno, pero el sabor se parece al Barclays. Asiento y levanto el pulgar. Ella sonríe y escribe: *Bien hecho, Miles.* Sale de la habitación. Hago gorgoritos para comprobar que mis cuerdas todavía funcionan. Evito pronunciar palabras; si la enfermera me escuchara, me confiscaría el queso y yo tendría que empezar todo de nuevo. Es como jugar a un videojuego con una mano enyesada. El más mínimo error me llevaría de vuelta al comienzo.

★ ★ ★ ★ ★

Acostado en la cama espero el café de la mañana, que supuestamente debe llegar a las nueve. Nadie me ha traído mi viejo ejemplar del *Guardian*, mucho menos un *croissant*. Tal vez los haya ofendido, o quizás haya ingresado en una nueva etapa: una etapa de destete, donde me privan de la comida y la bebida para darme una lección. Toco el timbre, pero no viene nadie. ¿Tendría que quejarme si a las nueve y veinte no hay señales del café? Frunzo el ceño: lo frunzo al máximo, y no pienso distenderlo. Hay ruido en el pasillo, un hombre grita. Veo que el guardia intenta llevarlo a la rastra. Es como si arrastrara un piano y tuviera que ingeniárselas para hacerlo pasar por la puerta. Hay un revuelo pasajero y finalmente sueltan al hombre. Conozco esa cara. Tiene el brazo en cabestrillo y alguien debería enderezarle la bata azul de paciente del hospital. Su labio parece estar curándose de un corte. Pero sí, conozco esa cara.

—¡Miles! —El rostro de Nigel expresa un montón de cosas. Simultáneamente parece feliz de saber que estoy vivo, enojado porque no lo llamé y confundido por todo. Aparentemente no sabe qué pensar, o cuál es la emoción más adecuada—. ¡Gracias a Dios! Tenemos que hacer callar a esta gente. Son como animales, Miles.

La enfermera se alarma al ver que nos conocemos. Hubo un error, una falla en el sistema. La enfermera abre el acolchado de plumas para que Nigel se acueste. Nigel permanece de pie. Los apunta con el dedo.

—¿Han escuchado hablar del Reglamento de Servicios Médicos? ¡Están abdicando de sus responsabilidades! —Lo hacen callar cuando habla. Nigel levanta un dedo y dice—: ¡No me harán callar! —Se miran como si hubiera llegado el momento de activar el procedimiento de emergencia. Alguna clase de llave al cuello, sin duda. Nigel me mira como si fuera un mensajero shakespeariano; tiene información importante y necesita darla a conocer—. Miles, estos tipos son unos criminales. No saben cómo se maneja un hospital. No me permiten hablar y no me dejan hacer llamados.

Se queja de la falta de wifi y de la injusticia implícita en dar café y torta a algunos pacientes.

Mantengo mis brazos a los costados.

—¿Miles? ¿Estás escuchando? No puedo ubicar a nadie. ¿Dónde está Darren? ¿Y Kendal? Me perdí en la tormenta hasta que estos salvajes me trajeron a la rastra. ¿Miles? ¡Di algo! —Me señala y grita para que todos puedan oírlo—: ¡Este hombre está bajo coerción! ¿Hay un abogado en este lugar? —El guardia avanza sigiloso hacia él, como si intentara atrapar a un ratón—. ¡Esto es una violación de todos los estatutos concebibles de las Naciones Unidas! —Jamás lo he visto lloriquear tanto. El guardia se cierne sobre el ratón y lo atrapa—. ¡Suélteme! ¿Qué es esto? —La enfermera le hace señas a otro guardia. Forcejean hasta que los guardias comienzan a dominar la situación—. ¡Miles! ¡Sácamelos de encima! ¡Podemos ganarles! ¡Miles! —La enfermera me mira para asegurarse de que yo entienda cuáles serán las consecuencias si ayudo a Nigel. Miro al techo y no digo nada, como un buen ciudadano silente. Mantengo las manos a los costados del cuerpo y pongo la expresión más neutra que puedo. Nigel me mira, su cara asoma entre los brazos forzudos de uno de los guardias—. ¡Despierta, Miles! ¡Esto es sabotaje industrial!

Se lo llevan por el pasillo y lo escucho gritar. Grita que no tienen ningún derecho a decir que este lugar es un hospital; el gobierno tendría que investigarlos y hacerlos mierda. Los acusa de *totalitarios*, una cantidad de sílabas impresionante para alguien que está siendo maltratado por dos guardias. No quiero pensar en lo que le harán. Van a necesitar una carretilla llena de drogas para anestesiar a Nigel. Lo escucho gritar mi nombre un par de veces más. Después, silencio.

La enfermera me mira y endereza el acolchado. Quiere asegurarse de que estoy bien arropado. Me apoya una mano sobre la frente. Juraría que nunca la vi tan orgullosa. Escribe una nota para preguntarme si necesito algo. Pido café. Le recuerdo que el café tendría que haber llegado a las nueve en punto.

17. El mago de Bosch

Los días no son días sino secuencias de luz y oscuridad, una nada sin novedades. Realmente no siento que soy Miles Platting, fundador de Lingua Franca. Siento que soy un cuerpo que espera ser exhumado. O, como si fuera Lenin, un cuerpo dentro de una caja de cristal. Nadie sostiene mi mano blanda. Nadie entra en pánico, aunque todo pareciera indicar que deben hacerlo. Es como si hubieran decidido que ya estoy muerto. Ya no me entusiasma nada de lo que hacen. Cuanto más me alimentan, más rutinario se vuelve. Tengo derecho a desayunar una selección de productos de panadería, como si los *croissants* y los scones aseguraran el orden mundial. Se transforma en una especie de carrera armamentista. Aumentan el abastecimiento de *croissants*, vuelven a llenar mi taza de café cada hora, quieren que haga las palabras cruzadas, como si las palabras cruzadas fueran lo mejor de lo mejor; le imploran al psiquiatra que me frote los pies, pero yo no le doy la misma importancia a eso que a una palmada en la espalda. Daría lo mismo que me inyectaran jarabe caliente en el brazo.

Me acuesto boca arriba y comienzo a sentir que sería lindo salir a caminar. Prefiero salir a caminar que quedarme acostado en la cama mirando las paredes, con o sin comida. La cama de enfrente sigue vacía, un vacío con forma de Nigel. Sin duda lo estarán revisando los médicos, o picaneando. La sala huele más fresca sin tantos cuerpos. Empiezo a perder la noción del tiempo. No sé si es lunes o jueves. Sólo registro a la enfermera cuando sacude una hoja de papel delante de mi cara.

¡Tiene mucho mejor aspecto!

No me molesto en escribir. Sólo asiento. Le pregunto a la enfermera si podría reducir mis comidas, quizás a sólo un cuenco de fruta por día. Ella sonríe como si yo dijera lo que digo por cortesía, y deja entrever que realmente debo de estar bromeando. Jamás me ha visto rechazar un *croissant*, así que sólo me creerá cuando lo vea. Recoge algunos de los jarros de café vacíos y se dirige al pasillo, seguramente para averiguar si mi pizza está lista. Yazgo con la espalda recta y cierro los ojos. Parece haber tiempo infinito, un vasto espacio donde pensar. En Stella Artois el tiempo nunca alcanza; siempre hay un discurso que preparar, un cliente con el cual reunirse. Me quedo acostado un rato más. No creo que haya ningún motivo para estar despierto. Me siento obligado a pensar quiénes estarán en la oficina, qué estarán haciendo, y si estarán concretando alguna venta. En mi ausencia, y con el desequilibrio mental de Nigel, la empresa no tiene ruedas. Es un vagón de tren inmóvil, aplastado sobre las vías; los pasajeros deben esperar al personal de emergencia, que no habla ningún idioma. Me descubro mirando el techo y proyectando mi propio planetario. Mi universo se extiende desde el conducto de ventilación a la izquierda hasta el riel de la cortina a la derecha. Invento constelaciones y les pongo nombres como La Telaraña y La Polilla, puntos imaginarios que deben ser venerados. Todos aclaman a La Polilla. En mi universo no es necesario hacer nada, y nadie tiene que ir a ningún lado. Podría dormir y después despertar y ponerle nombre a cualquier otra cosa. Podría crear un nuevo alfabeto. Podríamos reemplazar el signo de interrogación por una §. §Qué les parece§ Empiezo a pensar en el cosmos, en la expansión del universo y en lo que ocurrirá cuando el sol se extinga. Me pregunto cómo sería el plan de evacuación de Nigel. Le adscribiremos un nombre científico a lo que sea que ocurra. Lo llamaremos "la muerte del calor", que suena mejor que "el fin de todo". Es difícil pensar que hay un mundo fuera de estas paredes: un mundo vasto y sin nombre, con supernovas y materia oscura. Tal vez, en el futuro, una nueva Lingua Franca colonizará la Luna y redenominará cada hemisferio con marcas de lavarropas. Quiero volar a Bosch.

Llega la mañana siguiente y todavía estoy en la cama. Tengo una colección de jarros de café y un cuenco de cereal húmedo y pastoso. Una costra dura y áspera recubre el *croissant* de ayer. En el bolsillo de mi chaqueta está el sobre que contiene el veredicto sobre Miles Platting. Si quiero leerlo tendré que hurgar en mi chaqueta hasta encontrar el sobre sin destinatario. Tendré que dedicar unos minutos a leer lo que escribió Eden, y quizás un poco más a intentar entenderlo. Eso me haría despertar, sin duda. Primero me sentiría avergonzado; dejaría caer una lágrima sobre la página. Después me pondría emotivo. Empezaría a culpar de todo a otros. Despotricaría sobre lo mal que hacen las cosas en el hospital. Les diría que están contraviniendo los apartados X, Y y Z del estatuto de las Naciones Unidas, como hizo Nigel. Desenchufaría todos los equipamientos médicos. Arrojaría al suelo mi *croissant* a medio comer. Insistiría en vestir una toga en vez de la delgada bata que visten los pacientes. Nigel y yo seríamos desterrados a la lavandería, u obligados a pelar papas. Reúno la energía necesaria para inclinar el cuerpo hacia adelante y buscar en el bolsillo de mi chaqueta. Saco el sobre, que no tiene destinatario debido a que Nigel fotocopió el original y se lo dio a la policía. El original debía decir: *Para Satanás*. Lo desgarro para abrirlo como si fuera un resumen bancario o una factura telefónica. Es una carta manuscrita.

A la atención de Miles Platting.
Escribo esto sobre el piso laminado de nuestro living.
Estoy acostado, lo cual no es bueno para mis costillas.
Quiero agradecerle por haberme dado el trabajo. Sin esta experiencia, jamás habría tenido la valentía de matarme.

185

Cuando conseguí el trabajo, yo era un farsante, Miles. Hasta pedimos una pizza para llevar. A usted le gusta que sus candidatos tengan un toque de pobreza, ¿no? Le gustó cuando dije que teníamos una hija de cuatro años y quería ser un buen proveedor. ¿Qué le gustó de eso, si se puede saber? La sumisión total, supongo. ¡Los estómagos satisfechos no sienten hambre!

Pero a mí me gustaba Lingua Franca. De verdad. Yo era invisible. Podía levantar el teléfono y que me importara un bledo lo que estaba vendiendo. Yo era Eden de Lingua Franca, pero podría haber sido Terry de Bathroom Beauties, o Vince de Kent Drainage. No puedes ser invisible en Greggs.

Usted no lo sabe, pero acostumbrábamos jugar un juego para ver quién nombraba más canciones de Michael Jackson en las llamadas. Usted jamás se dio cuenta, ni siquiera cuando dije que nuestra propuesta era un verdadero "Thriller". "Black or White" también era útil. "Bad" a veces servía. Era difícil mencionar "Smooth Criminal". "Earth Song", imposible.

¿Recuerda cuando hizo que fuera a buscarle un café al último piso? Anoté el código de acceso de la puerta por si alguna vez quería tirarme del techo. Probablemente le convenga reubicar esa máquina de café.

Lo único que quiero decir es que pienso que usted tendría que renunciar a Lingua Franca y hacer lo que ama. ¿Antes no era profesor o algo parecido? Me parece triste. Una verdadera lástima.

En el cajón dejé una carpeta con todos mis proyectos en marcha. Dudley es una buena candidata. Llámela BNP Paribas.

Gracias otra vez,

Eden

No es bueno que me quede mirando la carta. No es bueno que resbale una lágrima por el papel y la tinta empiece a correr. Quiero volver bajo tierra. Quiero regresar a mi escondite, donde nadie pueda verme llorar. Me quedo mirando las palabras un rato más, después aprieto la carta contra mi pecho. Miro alrededor e intento recuperar la compostura. No quiero explicarme por escrito. Me deslizo bajo el acolchado. Cierro los ojos y no pienso en nada.

★ ★ ★ ★ ★

Durante toda la mañana toman notas en perfecto silencio; no quieren despertarme de mi sueño. Prefieren tolerar mi coma autoinducido desde una cierta distancia. A la tarde se amontonan alrededor de mí: la enfermera me toma el pulso y la médica escruta el monitor. Abro los ojos y miro en dirección a ellos. No miro fuerte. Soy como la víctima cansada de un accidente de tránsito, que busca a dos agentes de policía para que inspeccionen el desastre. Quiero abrir la boca pero aparentemente desarrollé un mecanismo interno que me lo impide. No estoy seguro de poder hablar como corresponde. No me siento un emprendedor, un hombre trajeado. Estoy presente en la habitación, pero no diría que estoy vivo. Soy parte del mundo donde vivimos, pero también de otro lugar. Soy un cadáver en descomposición, consumido por las bacterias: dormido, apagado… en ninguna parte. Lo único que siento son los golpecitos en la muñeca que me da la enfermera. Sostiene una nota frente a mi cara para que yo la lea.

Bien hecho, Miles. Ya está en condiciones de irse.

No respondo. No hago el menor esfuerzo por asentir, o sonreír, o escribir algo a manera de respuesta. Estoy medio dormido, y mi otra mitad pertenece a otro espacio y tiempo, a otra dimensión. Soy consciente de que anotan cosas sobre mí. Sé que me he convertido en el motivo de sus esfuerzos. El guardia me ayuda a ponerme de pie. Sería difícil pararme sin el auxilio del guardia. Conozco la rutina, y eso ayuda. Extiendo los brazos para que se deslicen en la toga sin dificultad. Dejo que me enderecen el cinturón y me pongan las pantuflas en los pies. Dejo que me ajusten el cuello y noto que han bordado mi nombre en el bolsillo del pecho. Sé que la ocasión requiere decoro y cara de nada. Ellos también saben lo que hacen. Son profesionales expertos en meter hombres en togas y entregar velas. Tomo la vela. Y sonrío. Siento que soy parte de algo. Tengo la sensación de que es el mejor día de mi vida.

Participo en la procesión de mi propio funeral, la lenta caminata por el sendero desde la puerta del hospital. Seguimos la hilera de velas encendidas. Pasamos bajo la barrera amarilla que parece un travesaño en una cancha de fútbol, y después cruzamos la playa de estacionamiento y salimos a la calle principal. A nuestras espaldas, el hospital parece un campus universitario de los años setenta erigido en el medio del campo. Tenemos cuidado al cruzar la calle y esquivamos los autos. Me pregunto si los conductores piensan que somos raros, o quizás están acostumbrados a toparse con gente como nosotros. Un peatón mira en nuestra dirección y asiente, pero le resultamos tan sorprendentes como le resultaría un policía montado a caballo. Hay una pequeña iglesia metodista y una multitud reunida en la entrada. Alguien sacude un balde frente a un letrero donde se lee:

Llamado de emergencia por la crisis de Lingua Franca.

Como nadie grita nada, sacuden el balde con más fuerza todavía. No reconozco a ninguno de ellos. Son los habitantes de la ciudad, que muestran su simpatía por Lingua Franca después de lo que le ocurrió a nuestra compañía. ¿Nos habrán borrado por completo? ¿Soy el único, loco sobreviviente, exceptuando al idiota de Nigel? Me dan ganas de ir hasta la iglesia y averiguar si queda alguien vivo. Quiero apagar mi vela y detener la procesión. Pero seguimos marchando. Avanzamos cuesta arriba por una franja de camino que parece más remota, iluminada por faroles grises y bordeada por corrales para ganado, chalets aburridos y setos. El camino se angosta hasta formar una pendiente oscura y boscosa. Una vía de ferrocarril atraviesa el bosque, y un cerco bajo de metal nos separa de la vía. ¿Es aquí donde van a matarme? ¿Van a atarme a los durmientes para que me pise el tren con destino a Birdseye? Casi se me cae la vela. Pasamos bajo la mampostería descascarada de un arco en ruinas. Hay un cartel de Patrimonio Inglés con letras borrosas: *Furness Abbey*. La abadía necesita un nuevo cartel, un nuevo nombre. Caminamos por un sendero de piedra para no tener que pisar la tierra blanda y húmeda. Salimos a un espacio abierto, que alguna vez fue un patio. Y por fin nos detenemos. Estoy aquí, donde tengo que estar. Aquí estamos, en medio de una abadía en ruinas, hecha de piedra arenisca e iluminada con velas. Hay dos guardias estilo centuriones a cada lado de un arco. Alguien ejecuta un suave redoble para que mi llegada tenga alguna clase de acompañamiento musical. Varios hombres y mujeres togados emergen entre los arbustos y se unen a nosotros. Se distribuyen en dos grupos, uno a cada lado de una tarima. Yo soy el centro de las miradas. Toda la congregación me tiene en la mira. En la tarima hay un hombre con toga blanca, lo cual lo diferencia de los togados rojos. Tiene una vara al costado y una cadena de oro colgando del cuello. Parece un mago. Golpea la vara contra el atril y me hace señas para que me adelante. El tambor continúa su redoble constante. El mago me extiende un pergamino donde dice:

Miles Platting, usted está en condiciones de ser dado de alta. Por favor, firme este consentimiento y comparta con nosotros un minuto de silencio para marcar el fin de su iniciación.

Me entregan una pluma de ganso para que firme. Miro al mago, y me da la impresión de que no le gustaría que rechazara su invitación. ¿Qué otra alternativa tengo? Podría volver a mi cama en el hospital y acostarme un rato más. Pero no conseguiría dormir. No podría perdonarme si nunca volviera a ver a Kendal. Y creo que dejarían de servirme café. Camino hacia el atril y el mago alisa el pergamino. Me muestran dónde poner mi nombre. Me inclino para trazar mi firma. Miles Platting, signatario. Firmante del fortuito pergamino presentado por nuestros amigos togados en la ruinosa Abadía de Furness. Alguien golpea un gong en algún lugar y comienza el minuto de silencio. El mago cierra los ojos. Los demás se toman de las manos, como si recordaran a un muerto. Es el estado silente que recuerda a sus muertos gloriosos… que resulta que están vivos. Algunos me miran, como para verificar que no rompa el silencio. El problema es que parezco confundido; no tengo un aspecto lo bastante solemne. Me relajo y empiezo a fingir que soy uno de ellos. Estoy allí, parado entre las ruinas, con los ojos cerrados. Si hablara en voz alta, perpetraría una ofensa extraordinaria. Sería lo peor que puedo hacer. La peor manera de ofender a los silenciosos es hablar en voz alta. El mago y yo nos tomamos de la mano. También guardo silencio. Suena una trompeta. Casi espero una salva de doce cañonazos. La guerra ha terminado. Debo pasar a la siguiente etapa. Me llevan para que estreche las manos de algunos dignatarios, que esencialmente son sólo hombres con togas. El mago levanta su vara y la apunta hacia adelante. Me dan un empujón y volvemos a caminar en procesión. Seguimos la hilera de velas por un sendero arbolado. Me guían hasta una pequeña cabaña en el límite de la propiedad, como si fuera la casa del portero. Un poco más adelante hay un pub de piedra rojiza llamado Abbey Tavern, pero al cartel le faltan algunas letras, así que se lee *Ab ey Ta ern*, como si estuviera escrito en galés. El mago golpea la puerta de madera con su vara. Los demás nos paramos a esperar. Estoy de pie junto a un mago y un grupo de hombres togados. Parece algo salido de una fábula: los tres chanchitos o alguna otra con osos. Esperamos un poco más, hasta que se abre la puerta. Conozco esa cara, pero el contexto no encaja. Nunca he visto a Darren en este contexto. Nunca lo vi vestido con una toga roja y renuente a hablar. Quiero decir su nombre. Quiero preguntarle qué hay adentro. Sonríe para reconocer mi presencia cuando me llega el turno en la fila, pero por lo demás su expresión es vacua. Si Darren fuera a gritar algo, este sería el momento. Diría: "¡Corra, Miles, corra!". Pero no parece tener miedo de nada. No cree que yo deba salir corriendo. Si pudiera abrir la boca, probablemente me diría que todo está bien. Darren quiere que sepa que él estuvo adentro y que todo está bien. Esta gente no muerde. No me van a hervir en un caldero ni me van a arrojar a los leones. Entre, Miles. Podría sorprenderse.

Darren camina hacia un taxi, y alguien que parece un druida abre la puerta del vehículo. En cualquier caso, Darren sigue siendo un niño que hace lo que le ordenan que haga. Probablemente le lavaron el cerebro en veinte segundos. Le hago un gesto de "llámame" y Darren responde moviendo los dedos como si tipeara. Parece tomarse muy en serio su papel. El druida sostiene abierta la puerta del pasajero. Darren sube al taxi. Alguien estará esperando llamar un taxi a nombre de Miles Platting.

El mago sostiene abierta la puerta del pub. Es mi turno. No hay música, no se oye ningún sonido adentro. Es sólo una vieja construcción de piedra, y se supone que debo entrar. Estoy listo para finalizar mi historia. Estoy listo para recibir un reto o un certificado de mérito. Estoy listo para algo. Quiero volver a casa.

Junto a la entrada hay un pizarrón negro. Miro las palabras y me llevo la mano al corazón. Las viejas especialidades fueron borradas: sólo se discierne a duras penas *Roast Beef* y *Hewlett-Packard pudding*. Lo más importante son las palabras nuevas, en gruesos trazos de tiza blanca.

El Ministerio de Silencio.

Miro por encima del hombro. Los druidas y los magos saben lo que vendrá, aunque yo no lo sepa. Parecen captarlo. Ven mi miedo.

Exhalo largando todo el aire, como si estuviera parado en el borde de un trampolín. Y salto a la oscuridad.

18. En barbecho

Lo primero que se ve es la pared cubierta de cuadrados amarillos autoadhesivos, los millares de palabras superpuestas y cambiadas de lugar, algunas formando oraciones completas, otras monosilábicas. Uno dice *Bradford*. Otro dice *¿Llamaste a Rochdale?* Alguien se está llenando de dinero con los Post-It. El cuadrado autoadhesivo es el nuevo oro.

¿Alguien tiene un cepillo de dientes?

Es difícil saber en qué concentrarse. Mi mente elige focalizarse en las palabras que aparecen primero, sin importar cuáles sean.

¿Cómo se enciende la calefacción?

Es una oficina de trabajo, pero todos parecen haber salido a almorzar... para siempre. Es un viejo pub chirriante, con un duro y frío piso de piedra. Hay un tacho verde de reciclado lleno de botellas de cerveza vacías. En el comedor hay bancos largos de madera y una hilera de computadoras. Sobre la mesa hay blocs de notas, calculadoras y cajas de cartón que contienen camisetas *#ZipIt*, todas con un dedo índice cruzado sobre unos labios. Nadie atiende la barra, y todos los taburetes están patas arriba. Podría servirme una pinta, pero probablemente habría consecuencias. Con mi toga roja, casi me siento un adulto responsable. Entro en la trastienda y en la otra punta de una larga mesa está Kendal. Sonrío por dentro, aunque no quiero mostrarlo. Quiero abrazar a Kendal, y que caminemos juntos en el frío.

Quiero sentarme a orillas del agua y fingir que el Devonshire Dock Hall es el Ponte Vecchio. Quiero reservar nuestro vuelo a Costa Rica y conseguirle un pasaporte de mascota a Ptolomea. Todo parece posible. Kendal tipea con los ojos clavados en la pantalla de la computadora; no levanta la vista. Presiona unas cuantas teclas más y después golpea la que imagino debe de ser la tecla "enter". Ahora sí, me mira. Señala con un gesto dónde quiere que me siente. Detrás de Kendal hay una pantalla de proyección con fondo negro y texto blanco.

Buenas noches, Miles. Toma asiento, por favor.

Me siento y miro a mi esposa, que mantiene una cara profesional, rutinaria. Soy la millonésima persona que ha visto hoy, y no soy más especial que nadie. Frente a mí hay un monitor de computadora. El cursor titila para indicar el comienzo de una oración aún no escrita. Tengo un teclado inalámbrico y una lámpara, por si necesito ver lo que tipeo. Kendal tiene un pulsador; cuando lo presiona, el proyector cambia a la siguiente diapositiva. En la pantalla aparece el logo del Ministerio de Silencio enmarcado por espirales azules. Dice que los cuarteles generales de la compañía funcionan en la Taberna de la Abadía, Barrow-in-Furness.

El Ministerio de Silencio fue fundado con el objetivo de restaurar los nombres tradicionales de los lugares redenominados con marcas a lo largo y a lo ancho del Reino Unido.

La siguiente diapositiva es una pintura estilo soviético de una mujer que habla. El texto le sale de la boca.

El Ministerio defiende el concepto de la vida silente, y rechaza el lenguaje hablado en favor de la comunicación no verbal y el Lenguaje de Señas Británico.

Kendal presiona el pulsador y aparece la próxima diapositiva. La imagen es un mapa de las Islas Británicas con varios puntos rojos.

El Ministerio ya ha creado centros de voluntarios en ocho regiones británicas. Los activistas locales han establecido Zonas de Silencio en los espacios públicos, que ofrecen un lugar para pensar, un respiro, y además expresan un inequívoco rechazo a la comercialización del lenguaje.

Kendal proyecta una diapositiva que muestra el hospital de ladrillo rojo de la década de 1970 del que acabo de escapar.

Nuestro Instituto Wordsworth, antes Hospital de Furness, es un centro de rehabilitación en Barrow-in-Furness. El Instituto promueve la cultura del silencio entre sus pacientes, que se convierten en embajadores silenciosos en su comunidad.

Después vemos el logo de *ZipIt*, los labios silenciados y el fondo rojo.

Nuestra campaña #ZipIt ha obtenido una significativa penetración digital a través de múltiples canales.

La siguiente diapositiva muestra una masa humana con distintos uniformes de trabajo: enfermeras, bomberos y hombres con camisas de algodón. Todos miran a la cámara y portan letreros donde se lee *Silencio, por favor.* Kendal cambia a la que, espero, será la última diapositiva: un contrato, que requiere mi firma digital.

El Ministerio de Silencio tiene el placer de confirmar que su programa de rehabilitación está completo. Por favor, tenga en cuenta que necesitamos su consentimiento escrito para poder darle oficialmente el alta.

Kendal pasa rápidamente otras diapositivas para mostrarme los términos y condiciones. Hay montones de condiciones. Asiento con la cabeza y tengo la sensación de que es lo único que soy capaz de hacer. Mi cuello es un resorte flojo. Sólo puedo asentir. Kendal empieza a tipear; se sale del libreto.

Vamos, Miles. Ya es hora de volver a casa.

Sonríe mientras tipea.

Tú puedes redimirte, Miles. Puedes convertirte en Miles el Grande, no Miles el Terrible. Miles Platting, asesino del lenguaje, Miles Platting… salvador del lenguaje.

Me mira para indicar que es mi turno. Yo miro el monitor de la computadora. Tengo la sensación de estar sentado frente al volante y haber olvidado cómo conducir. ¿Qué aspecto tendré? Debo de parecer perdido. Empiezo a tipear y cometo un par de errores en el camino, por lo cual me veo obligado a utilizar la tecla de retroceso. Finalmente me las ingenio para componer unas pocas palabras:

¿Y para qué todas esas togas?

Es una buena pregunta, a juzgar por la velocidad con que tipea. Merezco una respuesta instantánea. Presiona la tecla "enter" y se recuesta en la silla.

Sólo quería molestarte.

Ahora sonríe. Por primera vez parece Kendal, mi loca Kendal, la que yo amo. Puede estar callada, pero entiendo lo que dice. Quiero volver a casa. No quiero sentarme en un pub en Barrow-in-Furness con mi toga roja. Quiero ver a Ptolomea, mi fortaleza en la otrora Milton Keynes y lo que quede de Lingua Franca. Quiero hacer lo que dice Kendal. Quiero cambiar los hábitos de toda una vida por algo más tangible: amor.

Busco una lapicera, después me doy cuenta de que no es una lapicera lo que estoy buscando. Busco el cursor, después muevo el *mouse* hasta encontrar la línea de puntos. Cliqueo y tengo el cursor exactamente donde quería. Después presiono una letra por vez.

M I LE S

¿Qué es Miles? ¿De dónde salió mi nombre? Nunca le pregunté a mi madre de dónde venía, ni tampoco qué significaba.

P L AT T I N G

¿Y qué es Miles Platting? Suena a *ploteo*, o a algo relacionado con la peluquería: *planchita*. En realidad nunca lo pensé. Mi nombre tiene una historia, y probablemente debería conocerla. Presiono la tecla "enter" y levanto la vista con la esperanza de haber hecho algo bueno. Quiero una estrella dorada. Kendal cierra la tapa de su *laptop*. Ya está. Terminó su rutina PowerPoint y llegó el momento de relajarse. Se levanta de la silla y se despereza. Yo hago un gesto expresivo con las manos, como diciendo *¿y ahora qué?*

Entramos en el comedor y Kendal me da la mano. Por la ventana vemos la luna y parte de las ruinas. Vemos las vías por donde pasan los trenes de carga. Podemos cerrar el bar con sólo dos clientes adentro: nosotros. Podemos beber el whisky y el vino, y salir a caminar a la luz de las velas. Podemos hablar nuestro propio idioma. Tenemos lo que necesitamos, y no necesitamos nada más. Kendal va detrás de la barra. No me pide que la acompañe. Me pregunto qué pasará ahora. Podría pasar cualquier cosa. Insisto en sonreír —sonrío de más— para que ella sepa que estoy feliz con todo. Kendal se arrodilla frente a la heladera y después se para, tiene dos copas de vino y una botella bajo el brazo: una botella de Bordeaux. La abre y deja caer una gota. Su cara dice *¿le gustaría probarlo antes, señor?* Yo hago un ademán como diciendo *no, está bien así*. Ella asiente como diciendo *muy bien, señor*. Sirve el resto. Llena las dos copas y brindamos. Por la vida, por Miles y Kendal. Podemos hablar nuestro propio idioma, y no necesitamos nada más.

19. Amanecer

Anuncio especial del equipo de Lingua Franca

Estimado señor/señora:
Nos alegra comunicarle una nueva oferta especial que no le costará
un centavo. Lingua Franca acaba de asociarse con el Ministerio de
Silencio para restaurar los nombres tradicionales de las comunidades
de todo el Reino Unido. Sin costo alguno, nos asociaremos con su
pueblo o ciudad para desmantelar todos los carteles que refieran a
marcas comerciales y restablecer un nombre tradicional de su elección.

¿Cómo funciona?

El Ministerio de Silencio ha creado un fondo de fideicomiso comu-
nitario solventado a través del financiamiento colectivo y la inver-
sión de capital privado que permitirá que Lingua Franca adquiera
los contratos de sus sesenta y nueve ciudades esponsoreadas en el
Reino Unido. Nuestra visión a largo plazo es restaurar el nombre
original de todos los pueblos y las ciudades del país que fueron re-
denominados con marcas comerciales. Esperamos que nos acompañe
en esta empresa.

Para saber más

Haga clic aquí para desuscribirse.

★ ★ ★ ★ ★

Gravesend está interesada. Peterborough ha despertado de su sueño. Grimsby quiere saber qué piensa Cleethorpes al respecto. Dorking está recuperando la conciencia. Y Yeovil también. Liverpool supo desde siempre que era una estupidez. Estamos parados en círculo sin decir nada, como si fuera un retiro budista. El tema es Croydon. Sobre la pizarra blanca, el jefe de marca escribe una lista de todos los nombres que tuvo Croydon. Croeas... Deanas... Croindone... Crogdene... Croydon... Carphone Warehouse. Lo más probable es que Croydon insista con *Croydon*, pero tienen libertad para considerar las alternativas antiguas: la romana, la britana, el inglés medio, el nórdico antiguo. Podrían sentirse pictos. El equipo de localización escribe en su Etch A Sketch y lo levanta en alto para que todos podamos verlo.

Croydon es mejor que Crogdene.

Croydon será.

Esta debe de ser la sexta *sesión de expresión* que Nigel se pierde. El Ministerio nos hizo saber que su rehabilitación está incompleta. Cada vez que mejora, deja que su furia lo supere. Grita algo sobre los términos y condiciones, y dice que todo es una desgracia. Después vuelve al comienzo. No es buen jugador de ese videojuego. No entiende el proceso. El resto de nosotros entendimos lo que se requería. Por eso atravesamos la tormenta y la rehabilitación silenciosa.

Luton es mejor que Loitone. Y definitivamente mejor que Lucozade.

Con el correr del tiempo, la percepción de Lingua Franca será diferente. Lingua Franca, especialistas en silencio. Nada de auriculares, nada de teléfonos. Todas las etapas del negocio se realizan en Lenguaje de Señas Británico y por escrito. Formadores de opinión. Abanderados. Podríamos describir nuestro marco conductual usando sólo nuestras propias manos.

Todos tipean al unísono, y para que no pierdan la cordura les permitimos escuchar música clásica: nada con letra, con la sola excepción de "You Say It Best When You Say Nothing At All", de Ronan Keating: nuestra canción en broma. Eden tuvo la cortesía de categorizar sus proyectos en marcha como "calientes" y "fríos". Basingstoke es caliente. Plymouth es frío. Wycombe es una "mezcla". Hemos contactado a los potenciales calientes para anunciarles que ya no vendemos derechos de denominación. Somos Lingua Franca, restauradores de lenguaje. Contempla nuestras obras, oh, Todopoderoso, y regocíjate.

La lengua inglesa nos pertenece a todos. Es propiedad del corazón.

Darren escribe bien. Es mejor escritor que hablador. Le gusta escribir sus pensamientos y pegarlos en la pared.

Aunque hablamos con acentos diferentes, y nuestra dicción difiere, todos dominamos el lenguaje del silencio.

Darren se inclina sobre la pizarra blanca, la columna marcada *Eden*. Escribe algunos números romanos con tinta indeleble. Número once, la última cifra de ventas de Eden. Permanecerá allí mientras nosotros sigamos aquí.

Si Nigel regresa alguna vez, no me tomará por sorpresa con los gráficos. Hemos honrado nuestros indicadores clave de desempeño, Nigel. Tenemos un público de consumo masivo. Nuestras redes sociales tienen más de doscientos mil suscriptores. Dirigimos campañas exitosas con nombres como *Shhh*. Una generación de jóvenes lee nuestro boletín informativo, organiza vigilias, hace correr la voz (en silencio) y baila en discos silenciosas. Reina la afinidad. Impera el apoyo. El sentimiento *online* es positivo. Hay cientos de voluntarios trabajando *in situ* en Barrow-in-Furness. En Milton Keynes los logos de #*ZipIt* cuelgan de los faroles de todo Midsummer Boulevard, como si fuera un Estado policial donde la población venera un par de labios. Nos está yendo muy bien, Nigel. Relájate.

Ptolomea y yo tenemos una nueva compañera de casa llamada Kendal. La casa parece otra. Sacamos las rejas de hierro y la cámara de vigilancia. Los alambres de púas se resisten, pero hemos encontrado un especialista en alambre de púas. La grava ya no está; pusimos césped y plantamos narcisos en el jardín del frente. La pintura que impide trepar las paredes se está descascarando. Usamos la habitación del pánico como depósito. Desconectamos la alarma antirrobo para que Ptolomea pueda explorar por las noches sin temor a tropezarse con un láser. Dejo que Kendal organice las bibliotecas. Quiere leer todo lo que se ha escrito. Le gusta pegar poemas en la pared, para que yo pueda leer a e.e. cummings mientras me lavo la cara. Los dos hemos mejorado mucho como dibujantes. Ayer encontré una nota sobre la almohada que decía *Te amo*. El *amo* era un corazón dibujado con lápiz rojo. Escribimos acerca de todo. Escribimos sobre cómo nos fue cada día, y sobre lo que vamos a comer. Escribimos cómo nos sentimos, qué nos pone tristes y qué nos gusta del otro. Escribimos sobre hospitales, escuelas primarias e informes "sobresalientes" de la Ofsted. Escribimos sobre nuestro bebé, y sobre juguetes, y sobre cómo lo tomará Ptolomea. Lo único que necesitamos es un nombre.

Agradecimientos

Vaya mi agradecimiento a Ben Casey y la agencia The Chase por el arte de tapa.

Gracias a Lauren Parsons, el equipo de Legend Press, y James Wills de Watson Little.

Felicitaciones locas a Mark Gill y Baldwin Li por su omnisciente divinidad.

A la Primera Dama Sarah Jack. Y a Tariq Desai, sin domicilio fijo.

A la dinastía Thacker-Leicester, Chairman Meow, y mi Iceman encarcelado.

Al 8.04 desde Kentish Town hasta Bromley South.

Y por último, aunque no por ello menos importante, a la gente de Birdseye.

Esta edición de 2500 ejemplares
de *Lingua Franca*, de William Thacker,
se terminó de imprimir en Printing Books, Mario Bravo 835,
Avellaneda, el 29 de junio de 2018